La Neuvième Cible

Pavel Kreniov

La Neuvième Cible

TRADUIT DU RUSSE
PAR THIERRY MARIGNAC

la manufacture de livres

Si vous souhaitez recevoir notre catalogue
et être tenu informé de nos publications,
envoyez vos coordonnées en citant ce livre
à l'adresse suivante :

La Manufacture de livres, 101 rue de Sèvres, 75006 Paris
ou
contact@lamanufacturedelivres.com

ISBN 978-2-35887-840-1

1

Ce tireur d'élite n'était sans doute ni moldave ni russe, il devait plutôt être un soldat de fortune, un mercenaire. Il possédait une excellente carabine de marque étrangère. Il ne tirait pas avec une arme dérobée dans les stocks de la 14e armée, mais avec une carabine de haute précision, calibre 7,65 mm, de classe supérieure italienne ou belge.

Il fallait que Nikolaï Gaïdamakov s'en occupe sérieusement.

Le tireur d'élite qui se livrait à ce petit jeu du côté moldave – sur la rive droite du Dniestr – avait occasionné beaucoup de problèmes aux habitants de Tiraspol. Il avait tué six personnes en deux semaines, civiles et militaires. Deux d'entre elles étaient mortes sur le pont enjambant le Dniestr, les autres avaient succombé sous son feu aux abords du fleuve.

Il fallait s'en inquiéter. Le chef d'état-major de la 59e division Camokhvalov et le chef du service spécial de la division Chramko, où l'on avait expédié le major Gaïdamakov de Moscou, l'avaient déjà convoqué quelques fois et l'avaient pressé d'en finir : « Quand est-ce que tu vas enfin nous débarrasser de cette ordure ? La situation devient épineuse, et ce tueur terrorise la population. Finalement, on n'est même pas capables de protéger les gens. »

Nikolaï avait tenté de répondre, mais que dire – les gens mouraient, et il n'arrivait à rien.

Dans le duel avec ce tireur d'élite, le chasseur de tireurs d'élite Gaïdamakov avait lui-même failli périr.

La tâche la plus importante était de trouver d'où venaient les tirs. Afin qu'ensuite, dans la position choisie pour faire feu, il ne soit pas nécessaire de balayer tout l'horizon des yeux et du viseur. Il n'existait qu'une possibilité susceptible d'épargner au tireur de se faire tuer : lever sa carabine une seule fois, viser en une fraction de seconde un endroit délimité d'avance et tirer une seule balle, si on en avait le temps bien sûr. Il n'existe aucune alternative au tireur d'élite qui chasse ses semblables.

Nikolaï avait examiné attentivement chaque cadavre. La personne qui avait expédié la balle était un excellent tireur, et sa carabine était elle aussi excellente. À une distance de trois cents mètres, il visait et touchait exclusivement la tête. En étudiant les points d'impact et de sortie des balles, Gaïdamakov avait pu définir à peu près d'où venait le tir. Il y avait trois endroits possibles. Des portions de la rive droite du Dniestr s'étalant sur un kilomètre. Cependant, il avait réussi à déterminer avec une assez grande précision les lieux où les tirs avaient été effectués. Ils couvraient la rive sur environ cinquante mètres de long. Avec deux compagnons, Nikolaï avait roulé sur la rive gauche en voiture et avait photographié ces secteurs mètre par mètre, grâce à un appareil japonais, le genre d'appareils dont se servent les paparazzis omniprésents dans certains pays. Au laboratoire, les prises de vues avaient été montées toutes ensemble. On avait obtenu une image de bonne qualité de trois secteurs de la rive. Les photos avaient été agrandies, et on commençait à étudier les endroits où pouvait se nicher le tireur d'élite.

En principe, il pouvait se terrer n'importe où : n'importe quel arbre ou buisson, n'importe quoi à terre pouvait se révéler sa cachette. À l'époque où Nikolaï avait suivi l'entraînement de tireur d'élite, diverses couvertures de camouflage exotiques étaient à la mode – « esprit des bois », « sorcière des forêts ». Des fibres chimiques imitant très bien les herbes, les petits buissons, le foin et même les fleurs des champs étaient cousues sur le tissu. En fait, si le tireur se cachait sous une telle couverture étendue par terre, on pouvait très bien passer à côté sans le remarquer. Il y avait un seul inconvénient : la couleur du terrain diffère selon les endroits et, si le camouflage était aux couleurs de l'automne, se coucher dans les herbes estivales était du suicide. Voilà pourquoi Nikolaï n'utilisait jamais cet « esprit des bois » et s'efforçait toujours de se fondre dans le paysage, étudiant méticuleusement les postes de tir favorables.

Un long moment, Nikolaï examina le relief de la rive opposée qu'on voyait sur les photos, cherchant longtemps la niche du tireur d'élite qu'il lui fallait « éteindre » au plus vite. Cela lui semblait étrange, mais il ne se disait jamais : « j'ai tué un tireur » ni « j'ai abattu le tireur d'une balle », non, il employait toujours le mot « éteindre ». Il ne savait pas comment cela lui était venu. Peut-être de sa répugnance à prononcer le mot « tuer » quand il s'agissait d'un humain. Quand même : tuer un humain ! Ou peut-être était-ce le fruit d'une forme de respect envers un égal, lui aussi maître de son art – un professionnel aguerri, rusé. De la même façon, les chasseurs professionnels du Nord et de la Sibérie ne disent jamais « j'ai tué un ours », ils ne se permettent pas ce genre de bravade, mais murmurent discrètement « j'en ai croisé un, je l'ai couché ». Ou « Je l'ai eu, le fauve », mais pas « tué ».

Lorsque Nikolaï étudiait la topographie et recherchait les postes de tir de l'adversaire, il écoutait toujours sa voix intérieure : où est-ce que je me serais planqué ? Et ça lui facilitait toujours la tâche, parce que tous les tireurs d'élite réfléchissent à peu près de la même manière.

Alors qu'apparaissaient les secteurs de la rive opposée d'où pouvait partir le feu ennemi, rien de particulier ne sautait aux yeux, partout s'étendait sensiblement le même paysage : la rive légèrement surélevée, de rares arbustes, des buissons malingres dressés comme des cheveux sur un crâne chauve.

Où pouvait se dissimuler ce tireur ?

La question était d'autant plus complexe qu'il pouvait se dissimuler partout – derrière n'importe quel monticule, buisson ou arbre. Cela semblait simple : se cacher derrière un objet quelconque et, lorsqu'apparaissait la cible, s'avancer, viser, tirer. Mais le tireur d'élite expérimenté savait que seuls les débutants se comportaient ainsi. Se dresser hors de sa cachette n'était possible pour un tireur d'élite que lorsqu'il se trouvait au milieu des combats, lorsque la bataille faisait rage de tous les côtés et que personne ne lui prêtait attention. Lors d'une chasse à l'homme en temps de paix, il connaissait la logique d'airain du métier : dès qu'une nouvelle protubérance surgissait sur les contours du terrain une balle filait immédiatement vers celle-ci, c'est-à-dire entre les deux yeux du tireur. Chaque tireur d'élite ayant déjà quelques cadavres à son actif est parfaitement au courant qu'on le traque ! Par conséquent, s'il souhaite rester en vie, ni son crâne, ni ses oreilles, ni son derrière ne doivent dépasser. Il doit savoir se fondre dans le terrain, terre, herbe, buissons et arbres, et parfois se glisser littéralement à l'intérieur. Durant ces nombreuses heures de station allongée en position de tir, il faut avoir la force et l'entraînement pour ne pas faire le moindre mouvement imprudent, ne pas s'endormir, pour contrôler ses besoins naturels et prévoir comment se soulager en restant immobile et sans laisser de traces d'humidité.

S'appuyant sur son expérience personnelle et probablement son intuition, Nikolaï Gaïdamakov parvint à définir sur les photos l'endroit où pouvait se cacher le « soldat de fortune ». C'était tout d'abord un petit amas de vieux pneus de voitures, un tas informe sur la rive opposée. Le tireur l'avait probablement créé lui-même, traînant, pour en faire un tas offrant dix cachettes, tous les pneus jetés dans les divers égouts de la ville.

Le deuxième poste de tir pouvait se trouver derrière un buisson de genièvre, petit, mais touffu, surmontant le sommet d'un monticule. Nikolaï lui-même aimait se cacher derrière ce genre de buisson. Derrière celui-ci s'ouvrait sans aucun doute une petite tranchée creusée de nuit à l'aide d'une pelle de sapeur du génie, pour pouvoir y ramper sans se faire remarquer et, en cas d'urgence, en sortir de la même manière sur l'autre flanc de coteau.

Gaïdamakov se pencha longtemps sur la question du troisième poste de tir sans parvenir à des conclusions définitives. Il s'agissait d'un lambeau de terrain quasiment à nu du côté moldave devant le pont sur le Dniestr. Où pouvait se cacher le tireur dans un endroit pareil ? Étroit secteur de tir, ce territoire n'offrait aucun obstacle à l'observation. Peu de buissons, quasiment aucun arbre, des herbes rases et malingres. Des tas de sable sur le terrain, des cailloux, des bouts de bois, des déchets vestiges des crues du printemps. On ne distinguait sur cette surface qu'un anneau de béton d'un mètre balancé là par on ne sait qui. Du genre dont on construit les puits. Il gisait peut-être là depuis un millénaire, oublié de tous. Pour se cacher là-dedans, il fallait avoir perdu la tête ! Seul un gamin armé d'une carabine à air comprimé pouvait s'y planquer.

Pourtant le tireur d'élite avait tué deux personnes depuis cet endroit-là. En bref, Nikolaï n'arrivait pas à déterminer, même vaguement, le troisième poste de tir.

Mais la nuit suivante, le « Roumain » (c'est ainsi que l'appelait Nikolaï intérieurement) tua encore quelqu'un – un citoyen de Transnistrie. Il était sorti très tôt promener son chien pour ne jamais revenir. C'était un retraité, d'où cette sortie à l'aube. C'est connu, les retraités se lèvent tôt. Il gisait sur le chemin de halage en bordure de la rive, la tête dans l'eau, une cigarette éteinte collée aux lèvres. Son chien, un setter irlandais, gémissait, assis près de lui. De la tête percée de part en part s'écoulait très peu de sang, car le cœur s'était arrêté instantanément, il était mort sur-le-champ.

Le chef d'état-major de la division Camokhvalov lui passa un savon en règle par téléphone, en se servant des mots les plus durs. Il lui dit qu'il avait reçu une délégation de la population locale. Les gens étaient scandalisés. L'armée laissait les civils à la merci d'un destin arbitraire. Il avait aussi reçu un coup de fil de l'état-major de l'armée qui lui promettait des sanctions, etc. Il lui donna un délai de deux jours. Il alla jusqu'à le menacer :

– Si tu ne nous débarrasses pas de ce voyou dans les deux

jours, c'est moi qui vais m'occuper de toi. Major, tu es un incapable. Bon Dieu, à quoi peut me servir pareil émissaire ! Tu me gâches la vie ! Tu n'as rien à dire ?

– C'est que je ne sais pas quoi dire, camarade colonel. C'est de ma faute.

– Deux jours !

Avant de lui raccrocher au nez.

Le colonel devait obtenir sa troisième étoile, et il se trouvait que Nikolaï freinait sa promotion. Que faire ? L'armée c'est l'armée.

Quelle garantie avait-il que le « Roumain » se remettrait en chasse dans les deux jours ? Peut-être qu'il allait se distraire avec une fille, ou se saouler, ou traîner au sauna. Et peut-être, évidemment, que, durant ces deux jours, sa conscience le rappellerait à l'ordre et qu'il cesserait de tuer ses semblables ?

C'était toutefois peu probable. Les tireurs d'élite mercenaires doivent aussi rendre des comptes. Quelqu'un fait pression sur lui aussi : donne-moi des cadavres ! Pourquoi est-ce qu'on te paie si cher ?

C'est précisément ce jour-là que Nikolaï alla avec un camarade au magasin d'alimentation – un jeune lieutenant de la section de renseignement de la division, Vitali Nefedov. Ils achetèrent quatre bouteilles de bière et deux maquereaux fumés. Dans l'arrière-cour du magasin, ils s'emparèrent de trois caisses en bois ayant contenu des conserves et partirent pour la rive du Dniestr, à peu près là où le tireur d'élite avait récemment abattu trois personnes. En face, sur l'autre rive, sur le coteau, on devinait le buisson de genièvre d'où, selon toute vraisemblance, celui-ci avait tiré.

La logique de Gaïdamakov était d'une simplicité biblique :

le « Roumain » devait changer de position. Il en restait deux à sa disposition – un buisson et un endroit encore indéterminé près du pont.

Il n'y avait pas beaucoup de choix. Nikolaï décida de faire son nid ici.

Ils installèrent les caisses à découvert sur la rive, sur un petit monticule tout près de l'eau. Deux caisses en guise de chaises, une – au milieu – en guise de table. Ils partagèrent le poisson, versèrent de la bière dans des gobelets en plastique et restèrent sur place un long moment, bavardant de choses et d'autres.

Nikolaï étudiait la position.

De la caisse posée plus haut partait une pente douce à l'opposé de la rive. C'est là qu'on pouvait creuser un petit sillon. C'est là que son camarade s'allongerait derrière la caisse, se faisant passer pour un tireur à l'affût et servant d'appât.

Où pouvait-il s'embusquer, lui ?

Ah, voilà. À environ trente mètres, également sur la rive, se dressait un gros sapin. Près du tronc, du trèfle en fleurs. À présent, il comprenait comment il allait masquer sa présence et son fusil. Pourtant, Gaïdamakov répugnait à établir ses positions derrière des arbres, des souches, ou des buissons. Ses endroits favoris – presque plats, négligeables, inattendus, où le regard ne s'accrochait à rien.

Pour l'instant Nikolaï n'avait pas peur d'être mis en joue par le « Roumain ». L'expérience enseignait que le « soldat de fortune » ne chassait qu'en soirée, au crépuscule ou à l'aube, c'est-à-dire lorsque sur la rive ne circulait aucun badaud, quand il n'y avait que des cibles solitaires.

Gaïdamakov ne voulait plus qu'une chose à présent : que le « Roumain » remarque les caisses sur l'autre rive.

Lorsqu'ils s'en allèrent, Nikolaï ne s'inquiéta que d'une chose : pourvu que personne n'embarque les caisses.

En ville, dans un jardin botanique, il arracha du trèfle en fleurs, qu'il enveloppa de papier, et que chez lui, le soir, il colla sur sa tenue de camouflage, entourant le canon et la culasse de son SVD d'un fil vert tout simple : sous la lune, le nylon prend toujours un léger éclat.

À la tombée de la nuit, à l'heure où sur le Dniestr et ses rives une chape d'ombre épaisse se dépose, il s'installa avec son camarade Nefedov au poste choisi.

Il aida Nefedov à préparer son faux affût. Dans un silence quasi absolu ils creusèrent à la pelle de sapeur une petite tranchée dans laquelle le lieutenant pouvait tenir allongé, s'étaler de tout son long en restant caché. Ils mirent la terre dans un poncho imperméable et s'en débarrassèrent plus loin, à l'écart. Dans le cageot reposant au bout de cette tranchée, Nikolaï brisa délicatement la latte inférieure et glissa la carabine de Nefedov dans l'embrasure pratiquée. Il avança légèrement la lunette de visée pour que rien ne fasse obstacle. La tâche de Nefedov, allongé au fond de la tranchée, était de ne pas se montrer et, uniquement sur ordre, tenant le fusil par la sangle, d'agiter presque imperceptiblement la lunette pour créer un éclat de lumière. L'illusion pouvait sembler parfaite : un tireur était très bien masqué derrière un cageot et il était difficile à repérer. Et, simultanément, un tireur expérimenté le repérerait immédiatement. Ce que Nikolaï exigeait de Nefedov.

Nikolaï, quant à lui, alla s'allonger sous le sapin. Il avait également creusé une tranchée, avait dissimulé son vieux et fidèle SVD dans les herbes. Il avait vérifié que le cache était suffisamment baissé sur la lunette pour que la lentille avant ne livre aucun reflet à la lueur de l'aube. Il avait engagé son chargeur avant de s'installer à son poste et mis une balle dans le canon. Peu avant le jour, lorsque les oiseaux chantent, il ôta le cran de sécurité et ce léger bruit métallique se noya dans le vacarme des eaux, du vent et des oiseaux. En position de combat, le moindre bruit métallique pouvait se révéler porteur de mort : depuis peu, les tireurs d'élite se servaient d'appareils d'écoute – des disques noirs, ressemblant aux radars de l'époque de la guerre. Le tireur d'élite est embusqué dans la nuit, se préparant à sa chasse matinale, et étudie tous les sons, les écouteurs sur les oreilles. La portée de l'appareil est de deux cents mètres, on peut entendre des cris de souris. Un bruit métallique impromptu signifie que l'ennemi est en face, prêt à tirer.

Gaïdamakov avait équipé Nefedov d'un système de communication Converse. Un truc très commode : un récepteur léger dans la poche, des écouteurs sur les oreilles, un petit micro devant la bouche. Il diffusait très bien les chuchotements.

Bien entendu, ils s'étaient mis en position bien trop tôt. Gaïdamakov ne doutait pas du fait que le « Roumain », s'il venait aujourd'hui, ne se montrerait que juste avant l'aube. C'était simple : tout était prêt depuis longtemps, il s'était habitué à cet endroit, il réussissait et n'avait pas connu le moindre échec.

Tandis que pour Gaïdamakov, c'était l'inverse – il était embusqué là pour la première fois.

Cinq heures de demi-sommeil, de demi-vigilance. De courtes phrases de contrôle à l'adresse de Nefedov : « ne te montre pas », « n'agis que sur ordre ».

Il était posté derrière Nefedov, un peu sur le côté, à trente mètres, environ deux mètres au-dessus du lieutenant.

Le froid du matin s'appesantissait. Quelque part en amont, assez loin, le long chant du premier coq retentit, toutefois très nettement. Sur la rive opposée, les oiseaux réveillés par la fraîcheur de l'aurore entonnèrent leur gazouillis. Le jour mit encore longtemps à se lever, le soleil ne montait pas à l'horizon, mais à l'est du côté de la ville plongée dans l'ombre, sa lueur blanche commençait à se diffuser dans toute son ampleur matinale. Au-dessus de la rivière flottaient des nuages de rosée en suspens.

La rive opposée était difficile à observer. Le buisson de genièvre resta longtemps invisible. Et soudain, à travers l'humidité du matin, on commença à distinguer ses contours.

Dans un chuchotement, Gaïdamakov ordonna :

– Agite ta lunette de visée.

Docilement, Nefedov remua sa carabine de droite à gauche en la tenant par la sangle.

Nikolaï observait attentivement le buisson à travers le verre de la lentille. Il était semblable à la veille – aucun signe de changement, pas la moindre brindille pointant de travers. Un buisson !

– Ne bouge plus, ordonna Nikolaï.

Le lieutenant s'exécuta.

Aucun mouvement sur l'autre rive. Une dizaine de minutes plus tard, il lui donna le même commandement :

– Remue.

La lunette de visée de Nefedov recommença à bouger, comme s'il cherchait une cible sur la rive d'en face – typique du tireur d'élite très bien masqué, mais ne sachant rien de son gibier.

Brusquement, à la base du buisson du côté gauche, des branches semblèrent agitées d'un imperceptible mouvement.

Avant de se figer. Ensuite, toute une masse de branches se mit à remuer très lentement, et un petit cercle vide apparut. La lunette de visée !

Gaïdamakov captura instantanément la lunette de visée du « Roumain » dans la ligne de mire de la sienne. Mais où était la tête, il n'y avait donc que la lunette ? Alors, derrière la lunette, quelque chose de gris-vert et de rond se mit à ramper.

– Voilà la tête, se dit Nikolaï en appuyant sur la détente.

Il agissait par automatisme : il corrigea le tir vers le bas (l'image était surélevée par la brume de la rivière) et visa deux centimètres à droite de l'objectif. La balle atteignit le « Roumain » entre les deux yeux.

Tandis qu'il appuyait sur la détente, Nikolaï suivait déjà des yeux l'éclair du coup de feu du « Roumain ». Celui-ci avait tiré quelques secondes avant lui. Et la balle avait percuté exactement la lentille de la lunette de visée du lieutenant Nefedov. Heureusement, celui-ci était plaqué au fond de sa tranchée, et le projectile passa au-dessus de lui. Le « Roumain » était un excellent tireur. La puissance de l'impact de balle projeta la carabine du lieutenant en arrière.

À Tiraspol, aucun événement n'échappait aux commérages des commerçants du marché. Il n'existait aucun secret pour eux.

Le jour même, les femmes des officiers envoyées spécialement au marché rapportèrent les nouvelles : du côté moldave on déplorait la mort d'un tireur d'élite, et le commandement moldave allait envoyer le cadavre dans sa patrie, en Roumanie.

Par la suite, Nikolaï s'étonna : il avait deviné la nationalité du tireur.

Le chef d'état-major Camokhvalov traîna Gaïdamakov jusqu'au commandant de la division et, en présence de ses adjoints avec le chef du service spécial, Chramko lui témoigna sa reconnaissance et lui promit une décoration « pour accomplissement d'une série de tâches essentielles ».

– Enfin, se réjouit-il, notre division s'est débarrassée d'un ennemi dangereux.

Sur recommandation de Nikolaï, on félicita également le lieutenant Nefedov.

2

La Transnistrie, région fleurie, traversa au début des années 1990 une période de graves troubles. Cette république devint l'épicentre de contradictions dont elle n'était pas l'origine, surgies des péripéties historiques, du caillot sanglant de problèmes qui se forma à la suite de l'effondrement de l'URSS.

Pendant toute son histoire, cette terre fut en pratique un État indépendant dont l'appartenance aux ensembles de la Grande et Petite Russie n'était que formelle. Après les bouleversements dus à la Première Guerre mondiale, en 1918, la Roumanie annexa la Bessarabie, auparavant région de l'Empire russe. En 1940, l'URSS reprit le contrôle de la Bessarabie, dont une partie porte le nom de Moldavie, tandis que quelques-unes de ses régions étaient rattachées à l'Ukraine. La Transnistrie fut pour sa part rattachée à la Moldavie.

Après la fin de l'URSS, la Moldavie recommença à graviter autour de la Roumanie. Dès 1988, un groupe de nationalistes moldaves et certains intellectuels créèrent une organisation appelée Front populaire, dont la tâche était de « roumaniser » la population moldave : interdiction de la langue russe, passage à l'alphabet latin, unification de la Roumanie et de la Moldavie. Une rupture de ses relations avec ses autres voisins se dessinait.

Lorsque, dans les entreprises, les institutions et les écoles, on commença quasiment par la force à obliger les gens à parler non plus le russe, mais le moldave, et à rédiger tous les documents en alphabet latin, le peuple de Transnistrie descendit dans la rue pour manifester ; une explosion de colère menaçait. À l'automne 1991, environ deux cents entreprises se mirent en grève pour protester contre la roumanisation, avec le soutien de quatre cents autres, toutes déclarant qu'elles étaient prêtes à s'opposer à la Moldavie. Une vague de protestations populaires déferla sur la république. Les premières escarmouches entre partisans de la Roumanie et partisans de Moscou eurent lieu dans la rue. Dans les entrailles de cette oasis de paix et de calme, d'amitié jusque tout récemment multinationale et multiconfessionnelle, naissait une atmosphère de haine. Le monde se déchira suivant les scénarios des officines secrètes des « amis jurés » de la Russie – les États-Unis et d'autres pays occidentaux. Le coup principal fut porté à l'URSS. Il fallait ruiner la puissance militaire et économique de ce pays dans un seul but : créer un monde unipolaire dirigé par l'Occident, avec les États-Unis à sa tête. Pour cela, il fallait démembrer l'URSS morceau par morceau, en arracher les confins, créer en son sein et parmi ses alliés une atmosphère de chaos incontrôlable. Le pêcheur expérimenté le sait : il est plus facile de ferrer le poisson en eau trouble que dans une eau transparente. C'est ainsi que naquirent ces circonstances particulières.

On avait prévu pour la Transnistrie, ce pays toujours vert aux vignobles ensoleillés, un rôle de petit chien bien dressé au long pelage, qui devait rester assis dans la niche moldave sans japper ni montrer les dents.

On alla plus loin par la suite. En juin 1990, le Conseil supérieur de la République socialiste soviétique de Moldavie, déclara la fondation de 1940 illégale et prit le nouveau nom de République moldave. La Transnistrie, naturellement, dut rester au sein de la nouvelle Moldavie.

En guise de riposte, le Congrès extraordinaire des députés du peuple de Transnistrie proclama au mois de septembre la création de la République de Transnistrie avec pour capitale Tiraspol.

Le train des événements s'emballa. En octobre, le chef du gouvernement moldave, Mircea Druc, forma un détachement de volontaires, lui distribua des armes et l'envoya prendre d'assaut la ville de Doubossar en Transnistrie. Le but de l'assaut était de s'emparer de la ville pour en faire la capitale de la Transnistrie moldave. Les habitants de la ville barrèrent la route qui menait au pont. Les volontaires ouvrirent le feu à l'arme automatique sur cette foule désarmée. Les premiers citoyens de Transnistrie périrent, le premier sang fut versé.

Le 27 août 1991, la Moldavie annonça sa sécession de l'URSS et entama dès lors une politique de provocations systématiques à l'égard de la Transnistrie. Le président et quelques députés de Transnistrie furent arrêtés. Ils furent tous placés en détention à la prison de Chisinau. On orchestra des provocations massives à l'encontre des habitants et des dirigeants de cette république.

Les premiers tireurs d'élite apparurent dans les villes, tirant aux endroits très fréquentés depuis les greniers, les toits et par des embrasures.

Les gens prirent peur à l'idée de sortir dans la rue, d'aller travailler ou de faire leurs courses, une atmosphère de panique et de chaos s'installa.

La Transnistrie attendait du secours de Moscou. Mais les États-Unis avaient assis sur le trône moscovite un homme qui conduisait les affaires non dans l'intérêt de la Russie, mais au profit de ses patrons américains.

La Transnistrie resta longtemps seule face à ses sanglants problèmes.

3

Après l'effondrement de l'Union soviétique, le marché de Tiraspol présentait des allures de foire. Dans ce vacarme où retentissaient des voix multiples, au-dessus d'un quartier central de la ville, résonnaient toutes les langues de la tour de Babel. La foule des citadins et des nouveaux arrivants se baguenaudait le long des rangées d'échoppes bourrées d'articles en tous genres, et les vendeurs – les marchandes et les marchands – criaient, en écorchant le russe avec les accents moldaves, ukrainiens, baltes et juifs, pour vanter les mérites et qualités de ce qu'ils offraient. On pouvait acheter ici tout ce qu'on voulait, du cure-dents à la plus récente mine antipersonnel de fabrication américaine. Le commerce de la drogue et des armes y était presque ouvertement florissant. Les pistolets TT et les fusils d'assaut Kalachnikov étaient particulièrement répandus. On les piquait à tour de bras dans les magasins de la 14e armée. Il eût été étrange qu'il en soit autrement : les militaires ne touchaient pratiquement plus de solde, il fallait bien qu'ils nourrissent leurs familles.

Nikolaï Gaïdamakov aimait cet endroit. Quand il avait du temps libre, c'était presque toujours au marché qu'il allait. C'est ici, dans ce brouhaha de voix, qu'on ressentait l'esprit du temps, le pouls vital de toutes les régions frontalières de la Transnistrie. Dans leurs conversations, les gens cancanaient à propos des difficultés de leur vie actuelle, et Gaïdamakov apprenait comment on survivait en Ukraine, dans les pays baltes, en Moldavie, et aux divers confins de la Transnistrie. En général, là où règne le commerce il n'y a pas de place pour les inimitiés nationales, c'est le goût international pour le lucre et la tromperie qui domine.

Les yeux de l'adolescent étaient écarquillés, on y lisait l'horreur, sa bouche ouverte était figée sur son visage. Il fendait la foule à coups de pied et coups de coude. Il se précipitait droit sur Gaïdamakov. Sa chemise était déchirée à l'épaule, il tenait une côte de bœuf dans la main, l'os dépassait sur le côté. De sa main droite, le gamin se frayait un chemin dans le flot humain. Un homme d'aspect oriental courait à une quarantaine de mètres de lui ; corpulent, il respirait avec difficulté, son tablier sale était couvert de sang, il agitait un hachoir à viande, glapissant des malédictions inarticulées à l'adresse du petit voleur.

Nikolaï s'écarta vivement, l'adolescent et l'homme au hachoir le dépassèrent.

– Il fallait l'arrêter ! Pour quoi ne l'avez-vous pas stoppé ? dit une voix de femme toute proche.

C'était une marchande de vêtements de laine. Blonde et assez maigre, elle jetait un coup d'œil réprobateur, presque indigné sur Gaïdamakov.

– Ce vaurien est tout le temps là à nous chiper quelque chose. Il faut les punir !

Nikolaï s'abstint de lui démontrer ou expliquer quelque chose : *J'avais pitié de ce va-nu-pieds, il avait faim… et cet homme allait le découper avec son hachoir…*

Sur le chemin du retour, il se souvint brusquement : il lui fallait acquérir un chandail de bonne laine – il passait parfois des nuits fraîches, allongé sur une terre mouillée. Ce fut ainsi qu'il se retrouva encore chez la marchande blonde.

Malgré lui, il pensa : elle va se remettre à râler, me faire des reproches sur le môme, mais elle ne dit rien et sembla même lui adresser un sourire du coin des lèvres.

Elle l'aida à choisir le chandail.

– À mon avis, dit-elle, cette couleur vous ira bien.

Elle lui tendit un chandail dans les tons blanc et bleu.

– Il est épais, mais d'excellente qualité, tricoté à la main. Vous n'aurez pas froid en hiver.

Ses intonations dénotaient clairement un accent des pays baltes – elle prononçait les *l* très délicatement, les rendant à peine audibles. Sa voix quant à elle trahissait un souci spécifiquement féminin.

Depuis le départ de sa femme deux ans auparavant, Nikolaï avait complètement oublié le son du souci féminin.

Il acheta le chandail et une paire de grosses chaussettes et rentra d'excellente humeur au foyer des officiers.

Deux jours plus tard, il retourna au marché. Il dénicha le bon emplacement et entra dans l'échoppe.

– Bonjour, dit Nikolaï d'un ton enjoué. Je suis revenu vous voir.

Étrangement, elle le reconnut.

– C'est très bien que vous ayez décidé de revenir.

Et elle lui fit un véritable sourire.

– Ça me plaît, quand un homme revient.

À la fin de la journée, Nikolaï alla la chercher ; ils marchèrent ensuite un long, long moment sur la rive du Dniestr, dans les allées ombragées du parc adjacent, et bavardèrent longtemps.

Ils avaient beaucoup de points communs.

4

Le 14 mars 1992, le général-lieutenant Youri Netkatchev, commandant la 14e armée de troupes combinées déployée en Transnistrie, se rendit en vitesse dans la ville de Parkana, où l'un des bataillons du génie composant son armée tenait garnison.

Devant son détachement grondait un meeting rassemblant plusieurs milliers de personnes, des habitants de la ville, des cosaques, des militaires. Les principaux orateurs étaient le chef de l'État de la République de Transnistrie, Igor Smirnov, et la présidente du comité de grève, Galina Andreïeva. Avec d'autres intervenants, ils marquaient du sceau de l'opprobre général le commandement de la 14e armée qui ne se décidait pas à distribuer des armes aux citoyens, les laissant sans défense face à l'agression moldave.

Le général Netkatchev tenta lui aussi de parler aux manifestants ; il les appela au calme et à l'ordre public, mais ils ne lui laissèrent pas la parole.

Dans un discours enflammé, Galina Andreïeva les appela à prendre la caserne d'assaut, et le peuple, bousculant les sentinelles, se rua pour s'emparer des dépôts d'armes.

En quelques minutes, les entrepôts, les salles et pyramides d'armes de la caserne furent pillés. On emporta mille trois cent sept fusils d'assaut et mitrailleuses, deux cent cinquante-cinq pistolets et un demi-million de leurs munitions, un grand nombre de mortiers, de mines, d'explosifs, d'obus... On prit tout ça pour le distribuer ensuite à la population, aux cosaques, aux soldats du feu, aux milices populaires.

Le peuple s'était emparé des armes et se mit bientôt à en faire usage. Chaque soir sur les rives du Dniestr et dans toute la Transnistrie retentissaient des fusillades, interrompues par les hurlements d'ivrognes des cosaques, des militaires, des miliciens. Des « règlements de comptes » avec les Moldaves, des bagarres de poivrots, et des banquets improvisés dégénéraient. La population civile cessa de se promener dans les parcs, les mères ne laissaient plus sortir leurs enfants. La police tentait autant que possible de ne pas se mêler de ces errements. Une peur insurmontable et inconnue jusqu'alors planait sur cette république.

Tout cela était aggravé par la trahison de la Russie. Dirigée par des protégés de l'Amérique, celle-ci montra un mépris inouï pour son propre peuple.

Le 23 mars 1992, le ministre de la Défense russe, le maréchal des Forces aériennes Chapochnikov signa l'ordre de remettre tous les équipements militaires des troupes déployées sur la rive droite du Dniestr à la République de Moldavie. Celle-ci s'appropria d'un seul coup des milliers d'armes lourdes et légères, des tanks, de l'artillerie, et même une escadrille de chasseurs entièrement équipée, composée de trente et un avions de guerre Mig-29.

Chapochnikov savait de surcroît très bien que la Moldavie avait un pied en Roumanie et que celle-ci s'efforçait d'entrer dans l'OTAN. La Transnistrie cherchait à s'unir à la Russie, mais Chapochnikov ne lui concédait rien, pas une cartouche.

Tels étaient les généraux du pays que dirigeait un président alcoolique.

La Transnistrie, dont personne ne se souciait, abandonnée par tout le monde, seule face à la Moldavie et la Roumanie prêtes à la mettre en pièces, demanda ouvertement soutien et défense à la Russie, cherchant même de toutes ses forces à y être rattachée. Cet élan était soutenu sans conteste par le peuple russe, mais les dirigeants russes n'obtinrent pas l'approbation des États-Unis. Agitant la queue devant ceux-ci tout en craignant de provoquer la colère de son peuple, Eltsine et sa kermesse tentèrent de faire bonne mine devant la population de Transnistrie. Dans ce but, ils expédiaient régulièrement dans ce pays toutes sortes de délégations. Le vice-président Routskoï, son conseiller Stankevitch et l'adjoint du ministre de la Défense Kozyrev se rendirent dans le pays. Ils prononcèrent tous des bêtises pontifiantes et bienveillantes, ils promirent tous « de ne pas faire de tort à un peuple frère », et ça s'arrêta là. La Transnistrie ne bénéficia d'aucune aide.

Qui plus est, sur l'insistance d'Eltsine, on signa un traité d'armistice entre la Moldavie et la Transnistrie. En conformité avec celui-ci par exemple, la ville de Bendera enleva tous les barrages de son territoire, désarma ses organisations militaires et paramilitaires, entreposant les armes dans des casernes contrôlées par les observateurs moldaves.

Aussitôt après la signature de cet accord où la Transnistrie déposait les armes de fait, la Moldavie entama un pilonnage d'artillerie sur tous les secteurs cruciaux de la Transnistrie.

Ayant cru à la trêve, la population civile fut massivement victime de ce bombardement.

Le 20 mai, dans la région de la bourgade de Korjovo, le pilonnage d'artillerie moldave causa encore dix victimes innocentes.

Jusqu'au mois de juin, les efforts du camp moldave se concentrèrent sur la prise de Doubossar. Le feu de l'artillerie s'abattit quotidiennement sur cette ville et ses défenseurs. Le 7 juin, la Moldavie bombarda la centrale hydroélectrique de la ville. Le transformateur fut touché et trente tonnes d'huile se répandirent dans le Dniestr.

Lorsque les détachements blindés de la 14e armée s'approchèrent de Doubossar, la situation changea. Les Moldaves décidèrent de s'emparer des villes de Bendera, Kopana et Varnitsa sur la rive droite du Dniestr pour aligner le front et revenir aux frontières de 1940 qui lui auraient permis de se rattacher à la Roumanie.

Le 19 juin, l'armée moldave passa à l'offensive. L'artillerie pilonna tout le front, les lance-roquettes Grad et les batteries de mortiers. Près de huit mille personnes participèrent à l'offensive du côté moldave. Il y eut des affrontements massifs et des combats de rue.

Les Moldaves attaquaient avec vivacité et détermination, et les Transnistriens ne disposaient pas des forces suffisantes pour résister au déferlement. La 14e armée se garda d'intervenir. Le commandant Netkatchev obéissait au vieux principe militaire « reste dans ton trou, tu n'auras pas de victimes ». Et l'armée ne bougea pas de ses casernes. Ses soldats dormaient paisiblement dans le vacarme de la canonnade moldave, les impacts d'obus tuant la population civile et les combattants de Transnistrie.

À ce moment-là, venu de Moscou, le général-colonel Makachov, encore tout récemment commandant en chef des forces de l'Oural et député du Conseil supérieur russe, se trouvait en Transnistrie. Avec Galina Andreïeva et la grande foule de femmes qu'elle dirigeait, il tapa sur le moral des détachements de la 14ᵉ armée basés à Tiraspol et, sur leurs instructions, les officiers et soldats sortirent dix tanks et quatre blindés de transport de leurs garages pour les mener au combat contre les Moldaves.

Cet équipement permit de gagner les premiers combats. Au soir, l'adversaire fut repoussé et la ville de Bender, reprise. Pour la première fois, les Moldaves subirent de lourdes pertes en hommes et en matériel.

Mais la guerre ne cessa pas pour autant. Le feu de toutes sortes d'armes retentissait dans toute la Transnistrie comme un implacable cauchemar.

5

Le tireur d'élite avançait vers sa position, son poste. Il marchait avec assurance, tranquillement, fredonnant une chansonnette idiote. Il ne se distinguait en rien de la population ordinaire : des vêtements de tous les jours, ni clinquants ni sales. Il portait un sac léger en bandoulière, son regard n'était ni inquiet ni soucieux.

S'il avait croisé une bagarre sur son chemin – ou une querelle –, ou un malheur quelconque, il aurait continué sans ciller. Le tireur d'élite qui travaille de jour ne doit pas interférer, se distinguer, ni laisser le moindre souvenir aux passants. Personne ne doit se le rappeler. Il est venu, il a disparu, il n'existe pas et n'a jamais existé.

Avant de s'engouffrer dans l'entrée d'un bâtiment, le tireur d'élite passa sur la place située sur le côté dudit bâtiment. C'est ainsi que les tireurs d'élite choisissent l'endroit d'où ils pourront tirer sur la foule – ils traînent en ville dans les endroits où les gens se massent, et c'est de là qu'ils observent les immeubles environnants, les toits, les fenêtres de grenier, les bouches d'aération, les vasistas… Ils observent d'où ils pourraient tirer de la façon la plus inattendue et inaperçue qui soit, avant de se cacher et d'échapper aux regards.

Il n'avait encore jamais travaillé là, il n'avait donc pas à craindre de feu adverse depuis le bâtiment d'en face. Ici, tout était tranquille.

Seuls parvenaient les coups sourds des déflagrations d'obus à l'extérieur de la ville et, dans celle-ci, tantôt éloignés, tantôt proches, la tambourinade cinglante des rafales d'armes automatiques, le claquement sec des coups de feu isolés des carabines. C'est ainsi que se poursuivaient les échanges de coups de feu dans la rue entre combattants moldaves et provocateurs locaux se dissimulant au sein de la population.

Sur la place les parterres étaient en fleurs, le long des deux allées bruissait le feuillage des marronniers. Très peu de monde : une grand-mère poussait lentement une voiture d'enfant, des adolescents se baguenaudaient, de rares passants allaient et venaient, près du chemin vicinal un petit soldat courbé sur un moteur farfouillait quelque chose sous un capot.

« Voilà ma cible », pensa le tireur d'élite avant d'aller prendre position.

Il travaillait à Tiraspol depuis le début de cette pagaille il y a déjà plusieurs mois et connaissait pas mal la ville. Il l'aimait bien, même, cette ville couverte de jardins et d'arbres, à l'odeur de cerises et de châtaignes, de lilas et de poires, avec sa population profondément pacifique que rien ne prédisposait à la guerre.

Le tireur d'élite en personne projetait de vivre un jour dans une douillette ville du Sud vinicole parmi des habitants débonnaires, rappelant des personnages de contes pour enfants simplets. Mais ce serait pour plus tard.

Il avait pour l'instant un travail de nature toute différente.

Le tireur d'élite aimait beaucoup les bâtiments à entrées multiples. Et il travaillait toujours dans des immeubles en comportant au moins trois. Dans les cas extrêmes, au moins deux. Il était formellement déconseillé de pénétrer dans un bâtiment par une entrée et de ressortir par la même : la probabilité qu'on se souvienne de lui et que son signalement circule ensuite dans tous les postes de police était trop forte.

En outre, la fenêtre d'où le tireur d'élite fait feu est presque toujours repérée par un passant. Naturellement, on finira par interroger tous les habitants de l'immeuble en question : quelqu'un aura remarqué quelque chose, ou un individu quelconque.

Il commença par l'entrée sélectionnée pour sa fuite, monta au dernier étage et vérifia que personne n'ait posé de cadenas sur la trappe menant au grenier. Non, tout était normal.

– L'habituel bordel soviétique, pensa le tireur d'élite, et c'est bien ainsi, ça me facilite la vie.

Il redescendit, dépassa deux entrées d'escalier, puis monta.

L'habitude des villes soviétiques d'après-guerre, élever des pigeons au dernier étage, n'avait pas encore disparu à Tiraspol. Ceux-ci nichaient dans de nombreux greniers. C'était toujours un gros problème. Tout d'abord le grenier était d'une saleté répugnante à cause d'eux, on se maculait toujours de leurs excréments ; ensuite il y avait forcément un hurluberlu au cœur compatissant pour s'en occuper. L'hurluberlu pouvait survenir sans crier gare. Il fallait alors le descendre lui aussi, et c'était vraiment un souci superflu. Troisièmement, quand il faisait feu, les pigeons étaient effrayés par la détonation, et il s'ensuivait un effrayant remue-ménage. On repérait tout de suite l'endroit où le tireur d'élite avait opéré.

Il n'y avait pas de pigeons dans ce grenier-là.

Le tireur d'élite alla au fond du grenier. Dans un coin, il écarta deux vieilles planches poussiéreuses, replia le coin du rembourrage collé à la cloison et en tira sa carabine cachée là la nuit de l'avant-veille.

Il essuya la poussière de la carabine et de sa lunette avec un chiffon. Vas-y, ma glorieuse Swarovski, au boulot !

Il tordit les clous rouillés sur le cadre du vasistas, ôta la vitre et, par l'embrasure, glissa sa carabine, mit son œil à la lunette, cherchant sa cible. Il décida qu'il tuerait trois personnes le jour même, pour gagner une somme confortable, justifier sa réputation chez les recruteurs roumains et défrayer la chronique en ville, créer la panique, de sorte que les gens n'osent plus sortir se promener sur le boulevard. On était en guerre, pour quelle raison se promenaient-ils…

Où étaient ses cibles ?

Il vit le petit soldat… qui farfouillait encore son moteur en panne. Maintenant, attendre un peu, faire une pause. La grand-mère se baladait… Peut-être, l'enfant dans la poussette ? Pourquoi pas, la grand-mère avait déjà vécu son content sur terre…

Voilà une cible ! Un jeune couple sur un banc. Comme la fille se pressait contre lui… Vous finirez de vous aimer dans l'autre monde…

Le petit soldat tomba d'abord la tête la première dans le moteur, avant de glisser lentement jusque sur l'asphalte.

Lorsque le jeune homme sursauta et cria, la jeune fille ne comprit pas tout de suite ce qui se passait, et passa tendrement la main à l'endroit de sa poitrine dont jaillissait brusquement un liquide rouge. Elle leva la main vers son visage et criait déjà quand elle reçut une balle dans la tête.

Elle laissa tomber son visage juste à l'endroit d'où jaillissait le sang de son amoureux.

– Bon travail, pensa le tireur d'élite avant d'aller tranquillement vers la sortie. Deux entrées d'immeuble plus loin.

La grand-mère détourna un peu la tête en passant devant le couple. Elle n'avait pas envie de troubler leur étreinte. Elle aussi avait été jeune autrefois.

6

Le 23 juin 1992, un bataillon de parachutistes arriva au quartier général de la 14e armée de Tiraspol, venu de l'aéroport Chkalovsky, aux environs de Moscou, et se dispersa dans tout le bâtiment. Les paras chassèrent les sentinelles de garde et se mirent à contrôler eux-mêmes les allées et venues des militaires. L'opération ressemblait fort à une prise du quartier général de l'armée par un groupe d'assaut.

Vers quatorze heures, le même jour, toute la direction de l'armée était réunie dans le bureau de son chef : l'état-major, les généraux de toutes les armes qui la composaient, l'intendance, les services et départements indépendants.

Le long du mur à quelques mètres d'eux se dressaient les parachutistes en béret bleu, armes à la main. Les officiers et généraux regardaient tout cela avec un mélange d'inquiétude et de surprise.

Tous étaient assis tandis qu'un colonel de haute taille en tenue de combat parachutiste arpentait le bureau, allumant cigarette sur cigarette, enfumant toute la pièce.

Il était catégoriquement interdit de fumer dans le bureau du général en chef – Netkatchev avait horreur de la fumée de tabac. Il était à présent assis dans son fauteuil, livide, inerte, cachant mal à quel point tout cela lui déplaisait.

Le silence régnait dans la pièce. On attendait quelque chose, sans savoir quoi.

– Il y a un cendrier ici ? Je ne vais pas secouer ma cendre par terre. On est entre gens cultivés, dit soudain le colonel des paras, agacé.

Il avait parlé calmement, mais d'une voix de basse si profonde qu'on aurait juré que sous terre grondait un roulement de tonnerre.

Le commandant de l'armée sauta sur ses pieds et courut dans la salle de loisirs chercher un cendrier. Il n'en trouva pas, mais ne revint pas les mains vides. Il apportait une boîte de conserve vide qu'il tendit au colonel.

Comme s'il se disait qu'on l'avait autorisé à parler, Netkatchev se redressa, posant les mains sur les coutures du pantalon, et présenta le colonel.

– Colonel Goussev du ministère de la Défense. Envoyé ici en mission pour déterminer la situation et faire son rapport au président Boris Nikolaïevitch Eltsine.

Les membres de l'assemblée échangèrent des coups d'œil : comment se faisait-il qu'un général d'armée s'incline ainsi devant un colonel. Mais le secret de polichinelle fut vite éventé : quelqu'un avait entendu dire, un autre se souvenait, un troisième l'avait déjà croisé quelque part dans l'armée…

Un murmure parcourut les rangs :

– Ce n'est pas le colonel Goussev, c'est le général Lebed, adjoint du commandant en chef des troupes aéroportées, spécialistes des points chauds.

Et beaucoup se mirent à sourire. « Tout est clair maintenant, dans cette mascarade… la relève est arrivée… »

Ses paroles étaient désagréables et âpres. Goussev-Lebed parlait de cette grosse voix de basse caractéristique, très calmement et très clairement. Ses phrases étaient formulées avec un laconisme militaire très accessible, exprimant l'idée qu'il voulait faire passer à ses interlocuteurs avec une extrême netteté. Comme s'il récitait par cœur le texte du règlement militaire.

– En accord avec le président de la Fédération russe, je vais vous fixer vos missions, dit-il assis au bout de la table près du général Netkatchev.

Sa voix résonnait dans tout le cabinet, ses grondements roulaient sous le plafond avant de retomber sur la tête des officiers supérieurs. Elle faisait tressaillir beaucoup d'entre eux. Un tel tonnerre était inhabituel dans le bureau ordinairement calme de Netkatchev.

Il énonça cinq missions destinées à éviter l'effusion de sang, évacuer les familles des militaires, contrôler les magasins et les dépôts d'armes, etc.

Vers la fin de la réunion, la voix du « colonel » devint plus sévère encore.

– Comment se fait-il que, sur le territoire confié à l'armée, des tireurs d'élite opèrent impunément ? Pas plus tard qu'hier, veille de mon arrivée, on a abattu trois personnes en plein centre-ville. Parmi elles, un de nos soldats. Comment se fait-il qu'on m'accueille comme ça ? C'est une provocation ? Ou bien ce genre de tueries s'épanouit-il tranquillement sous votre nez ? Qui est le chef ? Au rapport.

Dans un coin du cabinet, le colonel Bormann, chef de garnison de Tiraspol, bondit sur ses pieds, aussitôt en sueur. De petite taille, chauve, le visage rond et rouge, il n'était pas à la hauteur de la situation, il s'affola et se mit à parler de façon embrouillée, sans rien de concret.

– Nous prenons des mesures, camarade, euh-euh, général, je m'excuse, je veux dire colonel. Camarade colonel, nous rétablirons l'ordre dans les plus brefs délais, nous allons y parvenir, camarade colonel.

« Goussev » lui répondit par un petit rire.

– Oui, allez-y, allez-y. Ces tireurs d'élite sèment la panique dans la population. Nous sommes au bord d'une explosion sociale. Les gens voient que nous sommes incapables de régler les problèmes les plus élémentaires, de leur garantir la sécurité la plus minime.

« Goussev » alluma une nouvelle cigarette, souffla un énorme nuage de fumée et donna ses ordres :

– Je vous laisse deux semaines, colonel, pour organiser la lutte contre ces tireurs et apporter une solution définitive à cette question.

Il fit une pause et ajouta d'un ton sans aménité :

– Je vous suggère de résoudre la question comme il convient, si vous tenez à vos galons de colonel. Asseyez-vous.

Bormann cria un strident « À vos ordres ! », avant de s'effondrer sur sa chaise et de rapidement essuyer avec soin son visage écarlate à l'aide d'un mouchoir.

7

Pour le major Nikolaï Gaïdamakov commença une période cauchemardesque. Comme toujours ses mérites et hauts faits antérieurs étaient oubliés. Chaque jour, du matin au soir, on posait la question : qu'est-ce que vous avez fait ? Pourquoi est-ce qu'un tireur d'élite étranger continue de sévir en ville ? Dis-nous, Gaïdamakov, à quoi occupes-tu tes journées ?

Et ainsi de suite.

Le responsable des affaires spéciales Chramko convoquait Gaïdamakov tous les matins à huit heures, lui demandait d'exposer en détail le travail effectué, en chicanant constamment : une chose ou l'autre n'allait pas, il fallait s'y prendre autrement. Le soir il y avait la réunion chez le chef d'état-major de la division Camokhvalov. Celui-ci était violemment sous tension – il faisait l'objet d'une grosse pression de sa hiérarchie à l'état-major de l'armée. On lui disait que cette question était de son ressort de général. De son propre aveu, il craignait pour sa réputation : les citoyens de la ville n'osaient plus sortir, ils étaient très mécontents de l'armée qui se révélait incapable de rétablir l'ordre. Ils se plaignaient à Moscou, le ministère de la Défense passait des appels furibonds…

– Gaïdamakov, tu crois qu'on t'a confié une sinécure et envoyé en vacances. Tu as tort de penser ça. À peine décoré, tu faiblis.

Nikolaï tentait de s'expliquer, de se défendre.

– S'il tirait d'une seule fenêtre, on l'aurait eu depuis longtemps. Mais visiblement toute la ville est à sa disposition. Il change constamment d'endroit, le salopard a chaque jour un nouveau poste de tir. Comment le dénicher dans des milliers de bâtiments ?

Humilié par les reproches incessants, cette fois-là Gaïdamakov perdit son sang-froid :

– Où sont les fameux agents du KGB et du ministère de l'Intérieur ? Où sont passées ces centaines de parasites du budget ? Pourquoi ne fouillent-ils pas les greniers au galop et ne nous aident-ils pas dans nos recherches ? Où est le soutien des masses aux forces de l'ordre ? Uniquement sur le papier ?

Samokhvalov écarquilla avec indignation des yeux qui n'avaient pas besoin de ça pour être globuleux et commença à le réprimander avec des intonations de mentor, presque comme un vieil homme :

– Qui es-tu, camarade major ? Un provocateur qui sème la panique ? Ou bien un brillant officier soviétique ? Car tu ne fais que de la démagogie, fuyant les responsabilités. Tu cherches encore le soutien des masses… À chacun son travail, à chacun son territoire. Toi et moi devons répondre de nous-mêmes.

Il se tut, réfléchissant à quelque chose, l'air renfrogné.

– Tu ne fais que parler de tes difficultés, Nikolaï. Or il me faut des résultats. Tu penses que nos larmes amères intéressent qui que ce soit à l'état-major ? Grâce à toi, ils me traitent comme un paillasson.

Les arguments de Samokhvalov offensaient Nikolaï – en effet, celui-ci ne restait pas inactif, il passait ses journées en vadrouille à la recherche du tireur.

– Je ne peux pas me charger de toute la ville à moi tout seul. Je vous demande votre soutien, camarade commandant.

À un autre moment, Samokhvalov aurait envoyé paître Gaïdamakov sans concession. Mais les reproches qu'on lui adressait à l'état-major l'accablaient probablement. Il comprenait de lui-même qu'il lui fallait aider le major, sinon c'est à lui qu'on imputerait l'insuccès de l'opération.

– De quoi tu parles ?

– Il me faut des gens pour m'épauler, camarade commandant. Vous, comprenez que ce tireur a déjà fait feu de quatorze greniers différents. Il faut donc interroger de façon très poussée et détaillée les habitants de quatorze immeubles. Peut-être qu'on trouvera alors ne serait-ce qu'un indice. Les habitants vont et viennent, les grands-mères sont assises à l'entrée... Peut-être que quelqu'un a vu quelque chose. Je ne peux pas aller partout.

Samokhvalov roula des yeux pensifs, souleva et reposa sa casquette d'officier posée sur la table et demanda du ton de l'homme à qui des malfaiteurs dérobent ses ultimes réserves :

– Tu veux combien d'hommes ?

Gaïdamakov n'avait rien à perdre et, fixant son supérieur, déclara fermement :

– Sept officiers compétents.

Un petit sourire où se mêlaient ruse et tristesse passa sur le visage de Samokhvalov et se dissimula derrière ses lèvres épaisses et sa barbe de deux jours.

– Et où est-ce que je vais te dénicher ça dans une division d'infanterie ? Nous sommes, toi et moi, les seuls officiers compétents.

– Comment ça, où ? Au service des Affaires spéciales, par exemple. Ils sont bien entraînés. Ils savent mener une enquête.

Le commandant des Affaires spéciales Chramko, assis en face de Gaïdamakov, sursauta. Il écarquilla les yeux, resta la bouche ouverte, figée par l'indignation, avant d'exploser :

– Il ne me reste que huit personnes dans mon service. Tout le monde est en mission ou en permission. Je n'ai pas de personnel disponible !

Samokhvalov alluma une cigarette, inspirant la fumée profondément dans sa puissante poitrine. Il avait déjà pris une décision, et celle-ci ne penchait pas en faveur de Chramko.

– Dans combien d'immeubles as-tu déjà enquêté, Nikolaï ?

– Seulement deux, et encore, pas complètement.

– Vous voyez, seulement deux, et il y en a quatorze. Et il ne nous reste qu'une semaine et demie jusqu'au moment béni où l'on va nous arracher nos têtes déraisonnables pour les entasser à la place des melons. Devinez, chers messieurs, où vont se retrouver nos têtes ?

Il fixa Chramko et se mit à lui définir l'ampleur de la tâche :

– Ne m'en veux pas, Viktor Fedorovitch, mais il faut que tu saisisses : tu es le seul à disposer d'enquêteurs qualifiés. Si j'envoie le chef de section Vassia Poukine, il va faire peur à tout le monde, il va patauger, et ne remplira pas la mission. Au combat on peut l'employer, mais pas dans ce genre d'affaire.

S'adressant à Gaïdamakov, il lui demanda :

– Nikolaï, explique-nous la mission à remplir exactement.

Gaïdamakov précisa ce qu'il fallait faire :

– Le tireur d'élite en activité en ville est excellent. Depuis le début, il n'a pas manqué sa cible une seule fois, bien qu'il ait tiré dans la pénombre, dans le brouillard, à des distances différentes, jusqu'à quatre cents mètres. Il s'est extrêmement bien dissimulé. Aucun passant n'a encore repéré d'où venait le feu, personne n'a entendu les détonations, ce qui signifie qu'il utilise un silencieux. Au crépuscule personne n'a vu le coup de feu, ce qui signifie qu'il se sert d'un cache-flamme quelconque. Et jusqu'à présent personne ne l'a vu !

– Combien de victimes a-t-il à son actif ? demanda Chramko.

– Déjà trente-deux.

Samokhvalov émit un sifflement :

– Joli salopard ! Il a déjà supprimé une demi-section.

Il secoua la tête, accablé :

– Il faut vraiment le trouver et lui faire sauter le caisson. Il reste invisible en fait.

– Oui, c'est clair, il joue les invisibles, dit pensivement Gaïdamakov. Il est du genre à se fondre dans la population.

– Mais alors quelle est la mission, si tout est si compliqué ? demanda Chramko en écartant les bras.

– La mission est simple : interroger le plus d'habitants possible des quatorze immeubles. Surtout les vieillards, ils sont souvent les plus attentifs et les plus méticuleux. Peut-être que quelqu'un se souvient si un étranger quelconque est passé dans leurs immeubles. Et si oui, de quoi il avait l'air. Qu'ils se remémorent et qu'on note les caractéristiques remarquées, quelles qu'elles soient, pour trouver ne serait-ce qu'un indice. Il faut faire ça dans chacun des immeubles, les résultats nous permettront de constituer des fiches de renseignements détaillées à me présenter.

Ils se turent tous, mais Samokhvalov se dépêcha de poser une question :

– Excuse-moi, Nikolaï, de rentrer dans les détails de la sorte, mais qu'est-ce qu'on va faire de cette paperasse ? Du feu ?

– Si, ne serait-ce qu'à deux adresses différentes, on a vu un étranger présentant les mêmes signes distinctifs, c'est que c'est lui le tireur. À ce moment-là il faudra retourner interroger les gens pour obtenir de nouveaux renseignements : quels sont son apparence, son âge approximatif, sa taille, la couleur des cheveux, la façon de s'habiller, etc. Ensuite nous composerons un portrait-robot et nous chargerons le KGB, la police, et les milices populaires de le débusquer. Le tireur, quoi qu'il en soit, en se déplaçant en ville, porte son arme avec lui, il trimballe donc un objet allongé, peut-être un sac à dos ou un sac de sport. Ce sont les détails à chercher. Et nous les examinerons en détail si nécessaire.

Samokhvalov et Chramko échangèrent des regards pendant un petit moment. Ensuite le chef d'état-major de la division dit d'un ton approbateur :

– Nikolaï, tu as la dent dure, mais tu ne parles pas pour ne rien dire.

Puis il se tourna vers Chramko :

– Bon, Victor Fedorovitch, notre mission est définie. Exécution. Je t'accorde deux jours en tout et pour tout.

Lorsqu'ils sortirent tous deux du bureau, Chramko murmura avec une méchanceté à peine déguisée :

– Oh, le tour de cochon que tu me joues, Gaïdamakov. Il va falloir trimer jour et nuit, et j'ai une tonne d'opérations prévues.

Nikolaï Gaïdamakov écarta les mains et eut un large sourire coupable.

8

Elle s'appelait Linda, Linda Schwartzberg. Gaïdamakov avait quitté le foyer des officiers et vivait chez elle. Pendant les années écoulées depuis son divorce, il avait eu le temps de se lasser de l'absence d'une compagne permanente. Tout ce qui vit sur terre ne se développe que par la présence d'un élément de dualité – mâle et femelle, homme et femme. La Terre elle-même a deux pôles. Sans eux, le globe terrestre déséquilibré volerait dans le cosmos suivant une trajectoire chaotique. Sans les pôles, il n'y aurait pas de vie.

Donc Nikolaï, qui avait vécu des années au sein de collectivités masculines, souffrait du manque d'une femme à ses côtés. Une épouse, même si elle est sans arrêt mécontente pour une raison ou pour une autre, maugrée ou fait des remarques caustiques, apporte l'harmonie dans la sombre vie d'un homme. Grâce aux femmes, on respire le confort, la propreté et les petits pains faits maison. Nikolaï Gaïdamakov avait enfin retrouvé tout cela.

Après son service, il se hâtait de la rejoindre. Quel plaisir de se précipiter quelque part où l'on est attendu. Dès ses années de formation, il avait élaboré trois formules pour une existence telle qu'il la concevait : aller où l'on était attendu, exercer la profession sans laquelle on ne peut vivre, et vivre là où vivait son cœur.

La situation présente ne concordait pas tout à fait avec ces formules, mais il y avait largement de quoi s'en contenter.

Avec Linda, tout était chaleureux. Ils étaient bien tous les deux dans le petit appartement d'une pièce qu'elle louait aux confins de Tiraspol.

Les devoirs de sa charge obligeaient Nikolaï à consacrer beaucoup de temps à la recherche du tireur d'élite en activité en ville, et chaque jour on lui remontait les bretelles. Mais il s'efforçait de ne pas s'attarder au boulot, et tous les soirs il était auprès de Linda.

Linda était originaire du port de Klaïpeda, dans le lointain petit pays balte de Lituanie.

On ne pouvait dire qu'elle fût très belle. On ne dit pas par hasard que dans les pays baltes seuls les hommes sont beaux, les femmes… moins. Elle avait des yeux gris, des cheveux clairs, des traits anguleux et pas tout à fait réguliers. Des lèvres plates, charnues, un nez aquilin, légèrement allongé, des pommettes excessivement saillantes. On dit habituellement que les femmes avec ce genre de visage sont d'un caractère méchant et dissimulateur.

Ça ne collait pas du tout avec Linda. Certes, elle avait l'air sévère et dure. Mais il s'agissait de la sévérité extérieure des professeurs de mathématiques. En réalité, chez elle, elle était complètement différente.

Linda était tendre et caressante avec Gaïdamakov. Excellente cuisinière, elle savait préparer gracieusement et avec goût toutes sortes de plats. Ils étaient élaborés à base d'ingrédients ordinaires : pommes de terre, saucisse, fromage, concombres… Mais tout cela avec l'adjonction d'épices locales, disposé dans de belles assiettes, un verre de bon vin, un disque d'Annie Herman en stéréo... Sans doute ne trouvait-on table pareille que dans les restaurants les plus raffinés, pensait Gaïdamakov en étreignant Linda avec une tendresse sincère.

Quels pelmeni ne savait-elle pas confectionner et préparer, et combien le thé et le café étaient chez elle aromatiques, servis dans un service de porcelaine fine.

– Tu sais, disait-elle à Nikolaï, une femme est capable de tout faire bien, quand elle est stimulée par la présence d'un homme pour lequel elle s'y efforce. Sinon, les femmes sont en général paresseuses.

– Je n'en crois rien, objectait Nikolaï dans son bonheur. Ne dis pas du mal des femmes. Tu parles ainsi pour que je n'en considère aucune autre.

– Elle a tant besoin de moi, se flattait-il.

– Humm, disait-elle en se détournant.

Mais elle se retournait aussitôt vers lui, le regardait dans les yeux et l'embrassait sur les joues.

Puis elle se serrait très fort contre lui.

Linda Schwartzberg avait connu une enfance difficile. Elle venait d'une famille d'Allemands de la Baltique. Ses racines plongeaient jusqu'aux chevaliers de l'ordre de Livonie[1] qui avait régné sur la Lituanie et la Lettonie au Moyen Âge. Sa lignée était historiquement riche. Quatre gros vaisseaux de fret appartenant à la famille Schwartzberg allaient et venaient en mer depuis le port de Klaïpeda. Cela avait duré jusqu'au début des années quarante, à l'annexion des pays baltes par l'Union soviétique. Puis pendant la guerre, son

1. Une branche balte des Chevaliers Teutoniques.

grand-père et son oncle qui combattaient du côté allemand avaient péri. Son père, qui servait dans le bataillon allemand Nachtigall[1], avait été capturé par les Soviétiques. Prisonnier de guerre, il avait péri en captivité. Toute la famille avait été déportée au Kazakhstan, y compris la petite Linda. Elle était restée jusqu'en 1957, alors que Linda fréquentait déjà une école russe.

Aujourd'hui, Linda avait un fils de cinq ans, Georg. Il vivait à Klaïpeda. Il était élevé par sa grand-mère, la mère de Linda, qui aimait son petit-fils avec désintéressement, le gâtait et affirmait qu'il ressemblait comme deux gouttes d'eau à son défunt mari, Walter Schwartzberg, victime des mauvais traitements des Russes dans son camp de prisonniers.

Gaïdamakov savait depuis ses études dans un établissement spécialisé qu'avoir servi dans les Nachtigall signifiait avoir servi dans les troupes SS. Les Nachtigall menaient des opérations répressives dans les pays baltes, luttaient contre les partisans, fusillant tous ceux qui combattaient le nazisme.

Cependant, Nikolaï n'évoqua pas ce sujet avec Linda. En fin de compte, les troupes soviétiques elles-mêmes ne s'étaient pas montrées très tendres dans les pays baltes. Le destin de Linda le prouvait. Il ne voulait pas rouvrir les vieilles blessures. Allez savoir, à présent, qui avait raison, qui avait tort.

---

1. Bataillons composés d'autochtones auxquels on impute beaucoup d'atrocités, principalement en Ukraine, sous l'égide au départ de l'*Abwehr*, pour des opérations de diversion derrière les lignes et de reconnaissance ; ils rejoignirent bientôt la SS. Ils furent également actifs en Biélorussie et dans les pays baltes, notamment dans la chasse aux partisans.

Toutefois, il lui posa un jour la question :

– Tu ne dois pas beaucoup aimer les Russes. Ils t'ont causé tant de malheurs.

Linda baissa la tête et ne répondit rien. Puis elle dit :

– Ne parlons pas de ça. Je suis bien avec toi.

Ils avaient de longues conversations, allongés sur le lit.

Linda se souvenait que, toute petite, elle aimait regarder la mer par la fenêtre de leur grand appartement. Dans sa mémoire d'enfant, la mer était un immense monde bleu souligné de la blanche écume des vagues, sur lequel filent des voiliers multicolores et naviguent de grands bateaux à vapeur au-dessus desquels s'élèvent des volutes de fumée. Au-dessus de l'infinie mer bleue plane un disque blanc dardant des éclats roses – ses rayons. Et juste au-dessus de la fenêtre tournoie dans le ciel une mouette grise et blanche, qui regarde la vitre et lui hurle quelque chose d'intelligible, à elle, Linda, l'invitant à la rejoindre dans le bleu lointain.

Elle racontait encore qu'elle était bonne élève à l'école et qu'elle était brillante dans un sport en particulier. Lequel, elle ne le précisa pas. Mais elle dit que, sportive émérite, elle avait eu la médaille d'argent de la République. Elle rêvait de gagner beaucoup d'argent et de retourner vers son fils et sa mère qui l'attendaient avec impatience.

Elle jouait très bien de la guitare. Elle chantait en lituanien de longues ballades nationales, traînantes, mais très mélodieuses. Nikolaï ne comprenait rien aux paroles, mais s'émerveillait du charme de la musique populaire, de la voix de Linda, un baryton féminin velouté, et de son interprétation. Il s'avéra qu'elle avait autrefois fait partie d'un ensemble musical international et participé avec succès à des festivals au Kazakhstan.

Sa voix pure et sonore la faisait se distinguer parmi les enfants de son âge, et elle était la soliste du chœur. Dans une robe tissée dans les vieux vêtements de sa sœur aînée, elle sortait sur scène devant le chœur et la salle et, se redressant, tête levée, entonnait des chansons soviétiques. On aimait particulièrement son interprétation de la chanson où le chemin qui menait à l'école serpentait au milieu des prés joyeux. Ensuite, pour les bons élèves, ce sentier s'élargissait devenant une route heureuse vers la grande vie soviétique radieuse.

Le chœur reprenait derrière elle la chanson en sourdine, et les enfants allemands, baltes, grecs, polonais, juifs et russes écoutaient chacune de ses paroles et la soutenaient harmonieusement.

Un jour, lors d'un concours de la République, on lui remit un énorme certificat, où il était indiqué qu'on récompensait Linda Schwartzberg pour « sa propagande des chansons et du mode de vie soviétiques ».

Sa mère avait pleuré toute la nuit. Probablement de joie pour sa petite fille.

Celle-ci était sans conteste talentueuse. Nikolaï était tout simplement heureux. La rencontre fortuite, les sensations adolescentes, croissaient, se métamorphosant en des sentiments solides. Cela agitait et réjouissait Gaïdamakov. Il avait fini par acquérir ce qu'il cherchait secrètement depuis longtemps.

Il était allongé près d'elle, et l'atmosphère sentait le printemps, alors que dehors le printemps n'était nulle part. Le monde entier était empli de vives échauffourées, semblables à l'éclatement d'un feu d'artifice, tandis que des images multicolores planaient comme des emballages de confiserie surgis de l'enfance.

Quelque part très haut dans le ciel, parmi les nuages emplumés ressemblant à des ailes d'anges, tressaillait une jeune étoile. Elle avait faussé compagnie à sa famille, la galaxie, pour quelques espiègleries dans le léger duvet des nuages et faire tinter l'argent de clochettes aériennes.

– On dirait que je suis tombée amoureuse de toi, avait-elle dit hier. Comment vais-je pouvoir vivre sans toi à présent ?

– Tu ne vivras pas sans moi. Nous vivrons ensemble.

Nikolaï avait tourné la tête vers elle et lui avait embrassé le front.

On pouvait dire que lui aussi était tombé amoureux d'elle.

Ils se sentaient bien tous les deux.

9

Le tireur d'élite savait qu'on était à ses trousses. Impossible autrement : il avait déjà tué beaucoup de monde dans cette ville. Tous les journaux et toutes les télés le criaient du matin au soir : « Quand est-ce que les militaires dont regorge la ville abattront ce tueur maudit qui effraie toute la population ? » Les mères craignaient de laisser sortir leurs enfants dans la rue, personne n'osait plus se risquer dans des endroits ouverts, les gens se terraient chez eux, les places étaient désertes. Un jour des manifestants se rassemblèrent en face du quartier général de la 14e armée avec des pancartes où l'on pouvait lire : « Lebed, tue le tueur ! », « Général, défends nos enfants et nous ! », « Lebed, tu ne sais pas faire la guerre ! »

Le tireur d'élite comprenait que cela déstabilisait encore une situation déjà extraordinairement compliquée en Transnistrie. L'autorité politique et militaire du pouvoir en place dans la région était durement ébranlée par l'incapacité de celui-ci à se débarrasser de cet insolent tireur qui tuait des gens dans tous les coins.

Vraisemblablement, des forces considérables étaient mises en œuvre pour neutraliser le tueur, ou pour parler plus concrètement – l'abattre. Le jeu avec la mort devenait de plus en plus dangereux.

Il fallait s'enfuir, et au plus vite. Mais les gens qui avaient engagé le tireur et qui le payaient grassement ne donnaient jamais leur approbation à une cessation de contrat. On lui disait :

– Continue à travailler encore une semaine, puis encore une…

Ils ne formulaient aucune menace à son encontre, le tireur avait l'impression qu'il pouvait s'en aller, mais la somme prévue en fin de contrat était très importante et il avait vraiment envie de mettre la main dessus. Pour ne plus avoir de soucis financiers pendant longtemps.

Jusqu'à présent, le tireur d'élite n'avait décelé aucun signe évident de danger le menaçant de l'extérieur, il n'avait pas découvert la moindre approche clandestine dans sa direction, pas plus de la part du contre-espionnage que de la milice ou de l'armée. Mais il jouait à cache-cache avec la mort depuis longtemps, or ce genre de petit jeu mortel développe toujours un haut degré de précaution et d'intuition ; tout en ne remarquant aucun danger extérieur, l'individu commence à prendre nettement conscience du fait que le cercle se referme autour de lui.

Ce sentiment vit le jour chez le tireur d'élite, et il se mit à agir en redoublant de prudence.

Ses patrons lui conseillèrent de ne pas se contenter de tuer les habitants de la ville, mais aussi de susciter la haine envers les autorités municipales et celles de la République, incapables de défendre la population. Cela pousserait les gens vers un rattachement de la Transnistrie à la Moldavie. Il fallait créer une tension sociale.

Le tireur d'élite comprenait très bien la tâche qu'on lui confiait.

Il avait préparé cette position en amont, plusieurs jours auparavant. Le lieu où il s'embusqua était bien choisi – une vieille maison, aux abords de la ville. La maison devait être rénovée depuis longtemps, mais comment rénover en ces années de fièvre ? La trésorerie municipale était vide. Alors la maison était abandonnée, une moitié dépourvue de fenêtres, et l'autre de portes.

L'entrée située à l'extrémité du bâtiment était fermée au verrou, un verrou rouillé sur une porte qui n'intéressait personne. Le tireur d'élite trouva un vieux tronçon métallique de coffrage et tordit facilement le vieux gond fixé autrefois par deux petits clous. Si l'on fermait la porte de l'intérieur, le verrou à l'extérieur n'avait pas bougé.

Le tireur d'élite s'assit sur un banc dans la cour voisine, et se mit à lire. De là où il se trouvait, les entrées de la vieille maison étaient visibles. Il ne remarqua rien de suspect. Il y avait peu de monde. C'était un jour de semaine. Les gens étaient soit au travail, soit à l'école. Il attendit jusqu'à ce qu'il n'y ait plus personne dans la rue, lissa une mèche de cheveux, remettant sa perruque en place, et s'avança vers l'entrée choisie. Dans ce genre de moments, il ne fallait se permettre aucune agitation : manifester de la nervosité, regarder autour de soi, se précipiter, ou au contraire se déplacer trop lentement. Il convenait de se diriger vers l'affût à une allure normale, habituelle, de se changer en un anonyme se fondant dans la foule ordinaire, sans rien de remarquable. Il ne présentait aucune caractéristique sautant aux yeux : des cheveux bruns ébouriffés, un homme entre deux âges, maigre et de taille inférieure à la moyenne. Sa vareuse en tissu grossier achetée au décrochez-moi-ça, son sac informe et antédiluvien, sa posture légèrement voûtée témoignaient du fait qu'il s'agissait d'un homme rudement éprouvé par la vie, cherchant un abri pour la nuit.

Les clochards n'intéressent personne.

Au quatrième étage, le dernier, dans un appartement à moitié en ruines, il alla s'asseoir sur un tas de briques devant la fenêtre aux vitres brisées, s'empara de son sac, en sortit les éléments de sa carabine et les monta.

Il posa la lunette, vissa le silencieux et contempla la cour. Elle était ouverte, avec des broussailles çà et là. Au fond de celle-ci se dressait une palissade métallique verte et, au-delà, à une quarantaine de mètres, s'élevait un bâtiment marron de trois étages.

C'était une maison de retraite.

Il y avait pas grand monde dans cette cour-là. Seules deux vieilles dames se promenaient dans les allées, et un vieillard corpulent était assis sur banc au bord de l'allée entre le portail du bâtiment et le fond de la cour, jouant avec un chaton allongé sur le dos à ses pieds. Le chaton mordilla le doigt du corpulent vieillard, et celui-ci se mit à le gronder d'un ton caressant.

– Par qui commencer ? songea le tireur d'élite, en assistant à ces scènes dans sa lunette de visée.

Brusquement, le vieillard saisit sa cuisse à deux mains, leva le menton et hurla si fort qu'il fit probablement trembler toute la maison. La balle lui avait pulvérisé le fémur.

– Fuyez, mes cibles, fuyez, murmura le tireur en se préparant à tirer à nouveau.

Du portail sortit au pas de course un homme en blouse blanche. Il se pencha sur le vieillard pour ne plus jamais se relever. Il resta agenouillé, sa tête traversée d'une balle tomba sur le banc.

Une des vieilles dames qui se promenaient dans l'allée se précipita à la rescousse, s'écroulant à son tour, frappée mortellement.

– Ça suffit pour aujourd'hui, se dit calmement le tireur. Ça va encore faire pas mal de bruit.

Il démonta la carabine sans se presser, rangea tout dans son sac, et un clochard mal habillé, dépenaillé, n'intéressant personne, se remit à marcher dans les rues de Tiraspol.

Personne n'avait entendu les détonations.

Le vieillard resta encore longtemps sur le banc à pousser des cris déchirants. Personne ne venait vers lui. Les gens craignaient de subir le feu du tireur d'élite.

10

Le 25 juin 1992, des opérations militaires de grande envergure débutèrent dans le secteur de Doubossar, où les forces moldaves passèrent à l'offensive. L'artillerie des troupes moldaves pilonna les barrages hydroélectriques de Doubossar. Lorsque le deuxième générateur fut pulvérisé par le feu de l'ennemi, de l'huile se répandit dans le Dniestr. L'offensive commença dans la place d'armes de Kotchnerski. Les obus détruisirent un jardin d'enfants et une maison à Grigorispol. Les bombardiers de l'aviation moldave attaquèrent.

De nouveau la population civile périssait en masse. En trois jours de guerre, presque six cents personnes moururent, et presque trois mille furent blessées.

Le vacarme de la guerre retentissait une nouvelle fois à Bender. Dans le district de Leninsky, on détruisit la fabrique de chaussures Tiguine, l'usine Pribor qui construisait des machines-outils ainsi que des usines expérimentales.

C'étaient avant tout des gens simples qui payaient le prix de ces événements, des citoyens de Transnistrie et des gens qui avaient perdu des parents dans la guerre, avaient vécu sous le feu des balles de tireurs d'élite, avaient souffert. Ils exigeaient des dirigeants de la république qu'ils ramènent l'ordre, qu'on revienne à la paix civile. Les manifestations réclamant des actes décisifs du pouvoir se multiplièrent en direction de toutes les autorités municipales.

Le général Lebed perdit patience le 2 juillet, lorsque les Moldaves recommencèrent à bombarder Doubossar. Il y eut de nouveau beaucoup de tués et de blessés. L'artillerie moldave détruisit le système de commande des turbines du barrage hydroélectrique local. Il en résulta une montée d'eau importante dans les réservoirs et la menace d'inondation d'un territoire immense.

Sur les indications de Lebed, les troupes de reconnaissance de l'armée définirent avec précision les lieux où étaient basées les forces moldaves les plus importantes ainsi que d'autres objectifs stratégiques, pour lesquels on obtint les informations, à des fins opérationnelles et dans un délai très bref, provenant des sources territoriales, du matériel des reconnaissances aériennes, des rapports des agents.

Dans la nuit du 2 au 3 juin, l'artillerie de la 14e armée passa à l'offensive à son tour. Huit divisions de lance-mines déversèrent leur feu sur des cibles déterminées à l'avance (des détachements militaires, des quartiers généraux, des lieux de concentration de matériel, des aérodromes, etc.).

Dans les quelques semaines qui suivirent, les Moldaves déblayèrent les décombres, évacuèrent tués et blessés. Les opérations militaires prirent fin. Le camp moldave n'avait plus de matériel pour combattre, l'artillerie de la 14e armée avait quasiment anéanti son matériel.

Le général Lebed donna une conférence de presse historique le 4 juillet, au cours de laquelle il traita le président moldave Mircea Snegour de fasciste, déclenchant un génocide contre son propre peuple, priant les dirigeants russes de ne pas s'incliner devant les Américains et de ne pas mendier « comme la chèvre une carotte ».

Ces déclarations rendirent Snegour fou furieux et contrarièrent beaucoup Boris Eltsine.

Au cours de cette conférence de presse, Lebed accusa directement le président de Moldavie d'avoir recruté des tireurs d'élite en Lituanie et en Lettonie et de s'en servir à des fins provocatrices et séparatistes sur le territoire de Transnistrie.

11

C'était un travail éprouvant. Chaque jour, Gaïdamakov, en possession des données qui lui étaient fournies par le service de renseignement de la 59e division interarmes, rencontrait et discutait avec des dizaines de personnes. Il fallait interroger tous les habitants de quatorze maisons situées à diverses extrémités de la ville. Pas forcément tous, mais au moins tous ceux qui étaient là.

Le tableau n'était pas réjouissant. Durant les journées où le tireur d'élite avait officié à partir de ces maisons, personne n'avait rien remarqué de suspect, ni n'avait vu d'individu louche.

Tous les deux jours, Nikolaï, avec les membres du groupe opérationnel, rassemblait les rapports concernant chaque maison et passait la moitié de sa soirée à les assimiler attentivement, le crayon à la main.

Les rapports transmis à Gaïdamakov étaient circonstanciés, détaillés dans leur forme. Les numéros des appartements, les données établies sur tous leurs habitants, le compte-rendu détaillé de la conversation menée avec chacun d'eux. Il n'en ressortait rien de particulier. Personne n'avait vu d'individu entrer dans la maison, une carabine dans les mains. Ç'aurait été idéal, mais personne n'avait vu non plus entrer quiconque avec un long sac, un sac à dos, ni même avec des cannes à pêche.

Seule, une vieille dame, perpétuellement assise sur les bancs près des entrées d'immeubles se rappelait avoir aperçu un homme voûté de petite taille, moustachu et brun, entrer par la porte cochère voisine. Il portait un étui d'instrument de musique. De guitare ou de violoncelle. La vieille dame s'était demandé : chez qui va ce type avec une guitare ? Chez qui y a-t-il une occasion de réjouissances ? Personne ne fêtait quoi que ce soit. En effet, elle connaissait tout le monde dans la maison. C'est ainsi qu'elle s'était souvenue de cet homme.

Dans l'avant-dernier rapport, Gaïdamakov se pencha sur des lignes qui lui provoquèrent une vague de sueur dans le dos. Un gamin habitant la maison avait bondi hors de l'entrée pour se heurter à une jeune femme maigre aux cheveux foncés. Elle portait un étui à guitare en bandoulière…

C'était un indice ! À deux reprises, on était entré avec un étui à guitare dans la maison d'où le tireur d'élite avait frappé. Il était hautement probable que ces étuis à guitare aient contenu une carabine démontée.

Il fallait organiser les recherches de toute urgence ! Où était Chramko, où le dénicher ? On était déjà en pleine soirée !

Gaïdamakov fonça au siège de la division. Chramko n'y était plus. Nikolaï trouva son domicile. Devant les yeux écarquillés de Gaïdamakov, le patron du service des affaires spéciales compris : on touchait à quelque chose.

– Calme-toi. Raconte-moi le tireur d'élite.

Nikolaï lui montra les rapports. Chramko, qui avait cessé depuis longtemps de s'emporter contre Gaïdamakov, murmura d'un ton apaisant :

– Tu vois, tout concorde, comme tu l'avais supposé. Les signes sont identiques. Mais pourquoi diffèrent-ils sur un point : dans un cas on a un homme, dans l'autre, une femme. Il s'est déguisé ?

– Il s'est déguisé, répondit Nikolaï en hochant la tête. En fait, c'est probablement une femme, ce tireur. Il est plus facile à une femme de se déguiser que l'inverse.

– Oui, le mot de passe, le théorème, les cuisses de leur mère, dit Chramko en se grattant la nuque.

Ils eurent un long conciliabule. Ils décidèrent de démarrer une opération générale le lendemain matin. Il fallait embarquer dans la recherche tout le système de surveillance extérieure du KGB et du MVD local, le personnel opérationnel, donner des orientations claires aux agents et aux auxiliaires, créer des groupes de recherche, nommer les supérieurs. La tâche à accomplir consistait à, par le biais d'une recherche physique et d'un constant ratissage de la ville, trouver des gens transportant des étuis d'instruments de musique de taille moyenne ou de gros gabarit, établir de qui il s'agissait, suivre leurs itinéraires, rapporter tous les incidents suspects au quartier général que Chramko dirigeait en personne.

Ensuite, le méticuleux chef des affaires spéciales dit :

– Nikolaï, déterminons précisément ce que tu as à faire.

Et Gaïdamakov décrivit comment il voyait sa fonction. Il dirigeait le groupe mobile qui, lorsqu'on obtenait une information « d'approche d'objet avec guitare » d'un bâtiment quelconque, devait se déplacer immédiatement vers le quartier indiqué et prendre sur place les mesures nécessaires.

– En quoi consistent ces mesures ?

– Je n'ai pas l'intention de capturer un tireur d'élite étranger.

– Compris, dit Chramko avec un hochement de tête approbateur.

Nikolaï rentra très tard chez Linda.

Quatre jours s'écoulèrent. Gaïdamakov se trouvait dans la salle du groupe des affaires spéciales de la division, assurant la permanence quasiment sans mettre le nez dehors. On recevait beaucoup de coups de fil de toute la ville. C'est l'officier de garde qui s'en chargeait. Tout le monde en avait marre du tireur, et les gens impliqués dans la recherche travaillaient avec le plus grand sérieux. Les appels étaient la plupart du temps vides de contenu, sans intérêt. Par exemple, on communiquait la découverte non seulement d'étuis à guitare, mais aussi d'étuis à violon ou instruments à vent, ou bien simplement une balalaïka, une mandoline voire une flûte à la main. Si on chargeait la personne de service de quelque chose, il allait s'efforcer de remplir sa mission avec ardeur et pouvait très bien ramener ça…

Il y eut deux autres incidents rattachés à d'autres tireurs d'élite. L'un d'eux avait fait feu de l'autre rive du Dniestr et grièvement blessé un militaire qui passait. Une mitrailleuse de Transnistrie ouvrit le feu sur lui : des opérations militaires se déroulaient un peu partout et, en cas de provocation, des mitrailleuses étaient disposées sur la rive gauche, tous les deux cents mètres… On ne sut pas s'il avait été touché, mais les tirs cessèrent dans le secteur. Ça tombait sous le sens : un tireur d'élite ne continuera pas à travailler s'il est repéré et essuie des rafales de mitrailleuses.

Un autre tireur d'élite, un mercenaire de grande taille originaire des pays baltes, tomba bêtement. Des écoliers en train de jouer dans un grenier trouvèrent la carabine qu'il avait cachée par hasard. Ils signalèrent leur découverte à la milice. Celle-ci organisa une embuscade…

Gaïdamakov se rendit sur place et se convainquit que le tireur d'élite piégé était complètement novice. Un ancien tireur sportif. On l'avait recruté pour le faire venir ici, il voulait gagner de l'argent. Il n'en avait pas eu le temps… Mais ce n'était pas lui. Les indices ne concordaient pas.

Le véritable signal survint pendant que Nikolaï déjeunait. Un envoyé de Chramko vint au pas de course l'avertir que l'appel était urgent. La mine très troublée du caporal convainquit Gaïdamakov qu'il fallait se dépêcher. Il lâcha sa cuillère sans finir sa soupe, il fut en un instant au bureau du directeur des affaires spéciales. Celui-ci lui communiqua en toute hâte qu'il avait reçu un signal d'un milicien : une femme aux cheveux bruns avait été vue dans la rue Oussievitch. Elle se dirigeait vers les bâtiments se dressant près des baraquements d'un détachement de l'armée. Le milicien ne s'était pas résolu à la suivre, il n'était pas spécialiste. Elle portait dans les bras un étui à guitare.

Le plan de la ville était déjà déployé sur la table. Chramko pointa du doigt l'endroit où la femme avait été vue.

– C'est là. Tu vois, près des casernes. On s'apprête à tirer sur des soldats de la 59e division.

– Il y a trois immeubles, là-bas, va savoir dans lequel elle est postée. Quand est-ce qu'elle a été repérée ?

– On a reçu le signal il y a dix minutes, peut-être huit.

– Bon, je connais le quartier, je fonce.

– Bonne chance, lui dit Chramko en lui serrant la main.

Environ sept minutes plus tard, Gaïdamakov et le petit groupe spécialisé arrivèrent dans le quartier des casernes à bord de l'estafette du quartier général.

Il comprenait que ses trois subordonnés ne devaient pas se montrer aux abords des casernes et confia une mission à l'un d'entre eux : observer la scène depuis une position plus élevée que les bâtiments près des casernes et s'efforcer de guetter aux fenêtres ou aux lucarnes des greniers l'apparition du tireur, pour la signaler aussitôt à lui, Gaïdamakov. Au second, il ordonna de préparer son arme de service et de surveiller autant de portes cochères et de greniers que possible dans ces bâtiments. S'il découvrait le tireur d'élite, il fallait l'arrêter ou l'abattre.

Puis il sortit un berceau d'enfant où reposait sa propre carabine et partit « promener bébé » dans la rue qui longeait les trois fameuses maisons. Elles étaient situées à gauche, et les casernes à droite. Le subalterne qui observait l'arrière des maisons avançait de l'autre côté d'une palissade métallique à une quinzaine de mètres devant ; il longeait les casernes et jetait paresseusement des coups d'œil sur la gauche.

Nikolaï ne jetait aucun coup d'œil latéral. Comme un « papa attendri », il ne s'occupait que de son « enfant » et se contentait de surveiller du coin de l'œil son camarade avançant sur la droite.

Arrivé au niveau de l'intervalle entre le premier et le bâtiment du milieu, son subalterne s'immobilisa soudain, se tourna vers la gauche, et s'accroupit pour nouer ses lacets. Ses bottines n'avaient pas de lacets. Nikolaï comprit : il avait vu quelque chose. Son camarade se releva et retourna en arrière, dépassant Nikolaï. En le croisant, il dit à voix basse :

– Bâtiment du milieu, fenêtre du milieu au grenier. Il se prépare à faire feu.

Gaïdamakov continua sa progression avec le berceau comme si de rien n'était. En avançant, il tendit le bras vers le « bébé » et baissa le cran de sûreté de la carabine.

La fenêtre du milieu au grenier. En tout, il y en avait trois. Pour l'instant, il ne voyait rien, L'intervalle entre les deux immeubles était profond, le mur d'angle le gênait.

Le bâtiment du milieu était évidemment en face des casernes. Deux soldats balayaient la cour près des baraquements. C'était sans doute sur eux que le tireur d'élite s'apprêtait à tirer.

Nikolaï s'arrêta et eut le mouvement de quelqu'un qui se prépare à allumer une cigarette : il fouilla sa poche à la recherche d'un paquet de cigarettes fantôme et plongea son autre main dans sa seconde poche pour le briquet. Il était à moitié tourné vers l'immeuble et évalua la situation. Dans la pénombre au coin de la fenêtre, on apercevait vaguement quelqu'un en train de manipuler quelque chose à l'intérieur.

Ah, te voilà ! Dans l'obscurité, il vit s'approcher puis se dessiner nettement l'épaule gauche de quelqu'un. On ne distinguait pas son visage. Il était derrière le battant de fenêtre.

Mais pas question d'aller plus loin : Nikolaï deviendrait lui-même une cible à découvert. Alors que pour l'instant le tireur ne pouvait pas le voir. Il s'empara vivement de sa carabine, la posa en travers du landau, s'agenouillant derrière celui-ci, et trouva instantanément l'épaule du tireur dans sa lunette. Il appuya sur la détente.

Une femme qui marchait dans la rue, un sac de provisions à la main, poussa un hurlement. Elle lâcha son sac et s'éloigna de Gaïdamakov en courant. Le subalterne accourut. Nikolaï ordonna :

– Garde la carabine !

Et il s'élança vers le bâtiment.

Près de la porte cochère, il fut rejoint par un des agents qu'il avait postés en observation.

– Arme prête au combat ! commanda Gaïdamakov, et ils détalèrent vers la porte cochère.

Nikolaï était en tête, pistolet au poing, aux aguets en bondissant sur les marches : si le tireur sur lequel il avait fait feu se précipitait à sa rencontre…

La trappe vers le grenier était au plafond du dernier étage. Elle n'était pas verrouillée, il y avait donc de l'espoir : ils allaient ouvrir la trappe et ceinturer ce fameux tireur…

Mais la trappe était bloquée de l'intérieur. Nikolaï essaya de l'ouvrir avec ses mains, à coups d'épaule, mais elle ne cédait pas. Son compagnon essaya à son tour. En vain.

Gaïdamakov comprit : le tireur était en train de les rouler, il avait gagné du temps.

Ils retournèrent dans la rue, et Nikolaï cria :

– Va à la porte cochère de ce côté, et moi à celle-là. Fais attention !

Pénétrant enfin dans le grenier, Gaïdamakov se convainquit aussitôt de trois choses : qu'il avait affaire à un adversaire très rusé, qu'il l'avait blessé, et que c'était une femme. Le tireur était entré dans le bâtiment par une porte à une extrémité, et sorti par une autre, en bois. Près de la fenêtre et tout le long du grenier s'alignaient des traces de sang en direction de la sortie, jusqu'à la porte cochère. Une perruque noire de femme s'était envolée quand la balle avait frappé le tireur, tombant sur les planches près de la fenêtre.

– Ça signifie qu'elle a les cheveux d'une autre couleur, pensa Gaïdamakov.

Un homme le confirma au premier étage.

– Quand je suis entré dans l'immeuble, une jeune femme a failli me renverser. Les cheveux clairs. Rendez-vous compte, j'avais deux bouteilles de bière dans les mains, et il y en a une qui a volé, salope ! Heureusement qu'elle ne s'est pas cassée. Je l'aurais tuée, cette idiote !

– Et à quoi ressemblait-elle ?

– Je n'ai pas eu le temps de la regarder ! Bon, pas grosse, tout à fait ordinaire. J'étais furieux contre elle.

– Elle avait quelque chose dans les mains ?

– Elle portait un truc lourd sur le dos, je ne me rappelle pas quoi. Et elle se tenait l'épaule avec la main. Comme ça…

L'homme se posa la main droite sur l'épaule gauche.

– … Mais je ne me souviens pas bien d'elle. Elle m'a mis en colère, cette idiote.

Une réunion se tint aussitôt au bureau de Samokhvalov. Le chef du quartier général de la division était assis, visiblement préoccupé. Après avoir écouté attentivement le rapport de Gaïdamakov et Chramko, il alluma une cigarette, tira une bouffée et souffla la fumée en silence.

– Cela signifie que c'est une femme, dit-il pensivement. Oui, on les importe des pays baltes. D'après sa façon de faire, c'est signé. Ça ressemble à celle qui sème le trouble et tient toute la ville en haleine. Qu'en pensez-vous, mes frères slaves, c'est bien elle ?

– Je crois que oui, dit Chramko en hochant la tête. On dirait que c'est elle. Tout concorde.

– C'est ce que je crois aussi, poursuivit le chef du quartier général d'un ton méditatif. Rusée salope. Elle adopte des déguisements variés, se colle des moustaches, change de perruque, tantôt homme, tantôt femme. Difficile à capturer.

Il se tut de nouveau, fronçant les sourcils. Quelque chose l'exaspérait, ravivant une plaie quelconque.

– Qu'est-ce que je vais rapporter à mes supérieurs ? dit-il, exprimant enfin l'idée qui le travaillait. Nous ne l'avons pas neutralisée définitivement. Quel jugement porteront-ils sur notre boulot ?

Gaïdamakov intervint alors.

– Je pense, camarade colonel, qu'elle va tenter de se soigner pendant quelque temps. D'après les indices, la blessure est loin d'être anodine. Par conséquent, les attentats en ville devraient cesser. Ce sera beaucoup plus calme à partir de maintenant, et vos supérieurs s'en apercevront aussitôt.

Chramko hocha la tête, et Samokhvalov conclut :

– Très bien, camarades militaires, je vous félicite pour votre travail, la Patrie n'oubliera pas votre labeur héroïque.

Il ajouta avec un sourire :

– Et moi non plus.

Ensuite, Chramko invita Nikolaï dans son bureau. Il commença par ordonner à tous ses subalternes de contrôler toutes les institutions médicales pour déterminer si une jeune femme ne s'était pas adressée à eux pour une blessure à l'épaule. Puis il ferma la porte du bureau, ouvrit le coffre-fort dont il sortit une bouteille de cognac Hennessy dont ils burent deux verres « Pour notre grande Patrie » et « À la victoire sur nos ennemis ».

En rentrant à la maison d'excellente humeur, Nikolaï songea :

« Dommage qu'il me soit impossible de raconter ça à Linda. Elle se réjouirait de mon succès ».

Mais Linda n'était pas là. Une voisine frappa à la porte et lui confia que Linda lui avait téléphoné au boulot, lui demandant d'avertir Nikolaï qu'elle était rentrée chez elle pour se fournir en marchandise et ne reviendrait que dans quelques jours.

« Bizarre, songea-t-il, elle n'avait pas l'air de vouloir partir en voyage. »

Mais le commerce est une profession imprévisible. Les clients avaient peut-être afflué, l'avait dévalisée, et il fallait partir renouveler ses stocks. Il s'endormit en pensant à elle avec bonheur et à leur future vie commune. Il était très amoureux de cette femme.

12

Après le pilonnage d'artillerie déclenché par le général Lebed, le camp moldave était en plein désarroi, et la situation était beaucoup plus calme. Des fusillades à l'arme automatique survenaient par endroits de temps en temps, mais elles cessaient bientôt : plus personne ne montait à l'assaut, cela n'avait plus aucun sens.

Pour dissiper tout espoir de victoire des Moldaves, Lebed, qui poursuivait ses objectifs avec acharnement, donna l'ordre de tirer des obus éclairants et chargés de tracts. Ceux-ci, dispersés un peu partout, contenaient une proposition concrète : ils conseillaient aux vétérans moldaves de rentrer chez eux en vitesse, sinon ils seraient écrasés. Les Moldaves s'empressèrent de s'exécuter avec une grande conviction.

Et les dirigeants moldaves demandèrent une trêve.

Le 7 juillet 1992, les premières négociations entre le camp moldave et celui de Transnistrie s'engagèrent sur l'aéroport militaire de Limanskoe. La Russie était présente en qualité d'intermédiaire. Elle était représentée par le général-colonel commandant des troupes de terre V.M. Semenov et le général-major commandant la 14e armée A.I. Lebed.

Les signataires envisagèrent les premiers pas vers l'établissement d'une paix durable, les conditions d'un armistice.

La signature à Helsinki par les présidents russe, roumain et moldave d'un accord de cessez-le-feu en Transnistrie constitua le pas suivant.

Le 21 juin fut la date finale de ce processus de paix. Ce jour-là, les présidents de Transnistrie et de Moldavie, Smirnov et Snegour signèrent l'accord de règlement du conflit militaire et de collaboration future des deux États à des fins mutuellement profitables.

Le doute n'était pas permis : le mérite principal du rétablissement de la paix dans la région revenait au général-major A.I. Lebed.

Cependant, c'est à partir de ce moment-là que le commandant de la 14e armée dut faire face à un ennemi puissant, tenace et sournois, en la personne du président moldave que Lebed avait traité de fasciste, l'accusant de génocide.

En outre, Snegour était ulcéré que Lebed ait pu, si simplement et avec une facilité diabolique, conduire des reconnaissances dans le camp moldave, porter le feu de son artillerie sur les endroits les plus vulnérables, écraser les points d'appui, les quartiers généraux et les entrepôts en quelques minutes, détruire pratiquement tout le matériel militaire, tuer et disperser la plupart des soldats et officiers. En un clin d'œil, Snegour avait perdu tous les moyens de combattre. Il s'agissait d'une insulte retentissante.

Il haïssait Lebed de l'avoir ainsi humilié sans cérémonie et comme en passant, lui, président de longue date d'une grande république, un politicien sage et rusé, forgé dans le four ardent des cercles mortels du Parti, survivant des jeux impitoyables de la vie politique soviétique, le privant de ce qui lui appartenait de droit – cette vaste et riche portion de l'ancien territoire de Bessarabie portant le nom ridicule de Transnistrie. Ce but vers lequel il tendait depuis si longtemps, pour lequel il avait menti, trompé, pris tant de postures hypocrites, pour lequel il était parti en guerre – tout cela lui était soudain dérobé insolemment et cyniquement par ce jeune général, dans un affront dictatorial. Et il l'avait couvert de honte aux yeux du monde entier. À présent Moscou allait faire de lui, Mircea Snegour, président du pays, un petit singe obéissant.

Après de longues et éprouvantes réflexions, Snegour convoqua le ministre de la Sûreté nationale. Lorsque celui-ci arriva, il le conduisit dans la salle de détente, le fit asseoir dans un fauteuil, prit une carafe de cognac moldave dans le buffet et en versa lui-même dans des verres de cristal. Ils burent en silence avant de sortir sur le balcon…

13

Linda Schwartzberg se trouvait dans l'hôpital militaire d'un détachement du génie des forces armées de Moldavie près de la ville d'Orkheï. Les conditions imposées par le secret ne lui permettaient pas d'être dans le corps de bâtiment dévolu aux blessés et malades. La pièce où on l'avait transférée en toute hâte servait à entreposer du matériel médical, au deuxième étage de l'hôpital. Personne n'était autorisé à y entrer. C'est ainsi qu'elle reposait au milieu de vieux appareils de goutte-à-goutte, de fauteuils roulants, de blouses d'infirmiers accrochées ou jonchant le sol, et d'armoires à pharmacie.

La douleur à l'épaule gauche s'estompait. La balle qui l'avait blessée avait traversé la chair, ne touchant que légèrement le haut de l'omoplate. Quelques jours auparavant elle avait subi une opération, on changeait à présent son pansement tous les jours. Ses cheveux s'étalaient en désordre sur l'oreiller. Elle n'avait rien envie de faire – ni manger, ni boire, ni parler, ni même lisser sa chevelure. Son bras gauche était étendu sans vie le long de son corps, le droit reposait sur sa taille par-dessus la couverture. Un pistolet espagnol Astra au chargeur considérable, susceptible de tirer en rafales des balles de 9 mm format OTAN, reposait sous l'oreiller, en cas d'attaque soudaine. Elle ne se rendrait pas vivante, elle ne pouvait se permettre d'être capturée. Elle en savait trop, elle en avait trop fait. Il semblait qu'elle soit en sécurité – gardée en permanence par des agents de la sûreté d'État. Mais elle avait tué trop de monde…

Il était clair qu'elle était recherchée. Les derniers événements, quand le tireur d'élite adverse l'avait empêchée de faire feu sur les militaires, étaient éloquents. On l'avait suivie. On l'avait pratiquement coincée. Elle s'était sans doute trahie en chemin vers son affût. Ce qui signifiait qu'on l'avait reconnue à certains signes, qu'on l'avait repérée dans cette ville assez importante. Quoi qu'il en soit, des recherches de grande envergure étaient menées contre elle dans toute la ville. Il était clair qu'elle ne pouvait plus travailler à Tiraspol. Le danger était trop grand.

Il fallait s'en aller !

Où s'était-elle trahie ? Comment ? Quand ? Elle faisait toujours très attention au camouflage, concevant à chaque fois méticuleusement son apparence ; elle avait appris à s'incarner en clochard, en invalide, en vieille dame, en homme d'âge moyen. Pour correspondre à chaque nouveau rôle, elle changeait de perruque, de vêtements, s'affublait de moustaches ou d'une barbe. Elle répétait toujours chaque rôle comme une actrice de théâtre.

Elle étudiait très attentivement l'approche des lieux d'où elle pouvait tirer, et pénétrait à chaque fois dans son poste, le quittant tout aussi simplement et sûrement. Elle ne se mettait jamais à l'affût deux fois de suite au même endroit.

Tout était toujours réfléchi dans les moindres détails, il n'y avait jamais eu d'accroc. Alors pourquoi ce tireur d'élite l'avait-il dénichée ? Elle avait fait une erreur quelque part.

Il ne l'avait pas blessée par accident. Il l'avait cherchée et trouvée. Et dans la mesure où il n'avait pas fini le boulot, où il ne l'avait pas tuée, il allait continuer la traque. Et ne s'arrêterait pas avant de l'avoir achevée avec succès.

Il fallait s'en aller au plus vite !

La chasse insouciante était terminée. Le jeu avec la mort avait démarré. Et elle ne voulait pas y jouer.

Ces questions-là tourmentaient, parce qu'elles restaient sans réponse.

Elle ne pouvait échapper aux obstacles qui se dressaient entre elle et son retour au pays. Par exemple, la durée du contrat. Tant qu'il n'était pas parvenu à son terme, on insisterait pour qu'elle continue sa tâche. En effet, elle obtenait d'excellents résultats. Ensuite, elle ne recevrait la totalité de la somme prévue par contrat qu'après avoir fini le boulot dans les délais et avec les résultats anticipés. Elle ne s'inquiétait pas pour les résultats, elle avait déjà tué suffisamment de monde, mais la durée… On n'était payé qu'à la fin. C'est-à-dire dans un mois et dix-sept jours.

Son seul espoir était que, au cours de ses négociations avec les représentants des commanditaires des services secrets roumains, ceux-ci se montrent compréhensifs, parce qu'elle avait déjà rempli sa mission selon leurs exigences, et bien sûr, à cause de sa blessure.

Elle avait demandé à voir ces représentants, et les attendait à présent. Elle restait allongée et attendait.

Deux choses la tourmentaient, deux échardes vives plantées dans son cœur.

La première – c'était l'idée de son bonheur mélancolique, son jeune fils privé de sa mère vivant depuis si longtemps avec sa grand-mère à Klaïpeda. Linda n'avait quasiment pas parlé à sa mère durant tout ce temps – c'était trop dangereux, toutes les lignes étaient surveillées. Comment allaient-ils ? Georg était-il en bonne santé ? Comment se portait sa mère percluse de rhumatismes ?

La pensée de Nikolaï l'occupait également beaucoup. Ce jeune vivait avec elle, dans son cœur. Il semblait qu'il se soit sincèrement attaché à elle, et réciproquement. On aurait dit un couple. Ils avaient décidé d'unir leurs deux destins.

Nikolaï s'occupait de l'intendance dans un détachement de l'armée, il passait beaucoup de temps au boulot, mais son travail ne tenait pas une très grande place dans son cœur. Ils étaient d'accord pour vivre ensemble et s'en aller. Peut-être chez Nikolaï à Jeleznodorojny dans la région de Moscou (ce qu'il souhaitait), peut-être chez elle à Klaïpeda (ce qu'elle voulait). Et peut-être vivraient-ils dans les deux endroits.

Comment allait-il, là-bas ? À quoi pensait-il ? Ne la soupçonnait-il pas de quelque chose ? Pourtant, c'était peu probable, c'était un homme simple. Ordinaire. Il était intendant, pas espion. Et ça aussi, c'était très bien.

Elle était tombée amoureuse de Nikolaï comme une jeune écervelée, et cela remplissait sa vie de lumière… et d'espoir.

Vers le soir, on frappa à la porte de sa chambre.

« C'est probablement l'agent des services secrets », pensa Linda. Elle le souhaitait ardemment. Beaucoup de choses dépendaient de cette entrevue.

Il entra, familièrement, comme chez lui. Les agents de tous les services spéciaux du monde ont cette particularité : ils entrent en n'importe quelle circonstance dans n'importe quelle société et s'y fondent, comme s'ils y avaient toujours vécu, avaient travaillé dans les parages et communiqué avec tout le monde. Comme s'ils étaient sortis pour fumer une cigarette l'instant d'avant.

– Bonjour Linda, dit-il banalement et aimablement. Vous voilà, comme vous êtes séduisante. J'ai beaucoup entendu parler de vous.

Il s'empara d'une chaise appuyée contre le mur et l'approcha du lit. Il prit son sac et l'appuya contre ses jambes.

– Vous voilà en bonne santé. Vous avez une mine resplendissante. Il est temps de vous lever, ma petite mère, de vous lever et de vous remettre au boulot. Vous vous êtes assez reposée.

Il s'assit, examina la chambre, et se présenta.

– Je m'appelle Igor.

– Pourquoi portez-vous un prénom russe ? D'après ce que j'ai compris, vous êtes roumain.

– Comme vous pouvez vous en douter, j'ai une collection de prénoms. À chaque occasion le sien. Mais Igor est mon vrai prénom. C'est ainsi que m'a baptisé ma défunte mère. Elle était russe.

– C'est pour ça que vous parlez si bien le russe.

– C'est également parce que j'ai fait mes études à l'université de Rostov. J'ai longtemps vécu en Russie. Jusqu'à récemment, nous ne formions qu'une seule nation.

Il eut un petit rire.

– Je suis obligé de cacher mon vrai prénom, mais vous-même n'êtes pas ici sous votre vrai nom, n'est-ce pas ? Du reste, ne parlons pas de ça. Les choses doivent être ainsi.

Comme beaucoup d'agents secrets, il avait une apparence quelconque, qu'on oubliait facilement. Aucun signe distinctif : taille moyenne, des traits réguliers, mais sans rien de frappant, il était un peu maigre, il avait une voix peu sonore, des cheveux blond terne. On le croisait sans en garder le moindre souvenir.

Il avait un regard calme, mais ferme, assuré.

« C'est probablement un bon agent secret », pensa Linda.

Igor souleva son sac, ouvrit la fermeture éclair sans se presser, avant d'en sortir des fruits, des sachets, des boîtes de chocolat…

– Pour quoi faire, tout ça, pour quoi faire ? dit Linda en agitant la main. Pourquoi avez-vous apporté tout ça… ?

– Pour que vous vous rétablissiez plus vite. Nous avons vraiment besoin de vous.

Cette dernière déchira le cœur de Linda : elle n'avait pas envie du tout qu'un service secret étranger ait « vraiment besoin d'elle » indéfiniment pour faire le sale boulot. C'est connu : là où agissent les services spéciaux, ça sent toujours le fumier…

Puis il prit une enveloppe contenant de l'argent dans sa poche de poitrine, se voûta et la glissa sous son oreiller.

– C'est pour le mois écoulé, avec une petite prime pour le rendement au travail.

– Merci, je vous suis très reconnaissante, dit Linda en fermant les yeux.

Il s'agita sur sa chaise, s'appuya sur le dossier, prenant une posture plus confortable, et demanda :

– Vous savez pourquoi vous nous êtes si nécessaire, Linda ?

Elle lui dit qu'elle avait rempli les objectifs fixés par le contrat. À présent, elle voulait toucher la somme convenue dans sa totalité et rentrer chez elle. Son jeune fils et sa vieille mère l'attendaient, il fallait qu'elle les rejoigne, et la tension nerveuse l'épuisait…

En dehors de ça, elle informa Igor qu'on la recherchait et qu'elle ne pouvait plus travailler dans des conditions normales. Elle pria Igor de la laisser partir : elle avait très peur pour sa vie. D'autant plus qu'elle était blessée…

Igor resta silencieux un moment. Puis il déclara qu'il s'était préparé à cette entrevue avec elle. Agent secret avisé et expérimenté, il se doutait de ce qu'elle allait lui dire, de ce qu'allait lui demander cette jeune femme fatiguée des meurtres et effrayée par la guerre. Bien sûr, le désir de rejoindre les siens, les gens qu'on aime, d'en finir au plus vite avec le sale boulot, toucher ses gages et s'en aller…

Sur le plan humain, ça allait de soi.

– Vous êtes essentielle pour nous. Vous êtes la plus efficace de nos employés. Vos raids dans Tiraspol ont provoqué une émeute. Les gens étaient sans défense contre vous, le pouvoir et l'armée étaient impuissants contre vous. Vous êtes tout simplement excellente. Et il va sans dire que nous allons vous donner satisfaction.

L'espoir étincela dans le regard de Linda.

– Mais pas tout de suite. Pas tout de suite, ajouta-t-il.

Igor posa sa main au bord du lit et regarda Linda avec un sourire de supplication, presque obséquieux.

– Il reste une petite affaire à régler. Nous souhaiterions vivement que vous vous en chargiez. Et alors nous ne nous opposerons plus à cette fin de contrat avant terme.

Linda tourna la tête vers le mur. Elle saisit tout de suite : ils allaient maintenant l'entraîner dans quelque chose de très sérieux, très dangereux. Sous la couverture, elle ressentit soudain un froid intense, la morsure de la glace. La peur est parfois glaçante, une peur mortelle.

Depuis longtemps déjà, elle jouait avec la mort, et ces jeux développent un pressentiment du danger qu'on appelle l'intuition. C'est exactement ce pressentiment qui martelait ses tempes, forçant son cœur à battre toujours plus vite et plus fort. Celui-ci lui chuchotait que, si elle refusait, elle ne rentrerait jamais chez elle. Combien de cadavres anonymes ne comptait-on pas d'ores et déjà dans cette guerre, retrouvés dans le fossé de routes désertes ? Elle pouvait connaître ce destin. Elle en savait déjà trop, on ne pouvait la laisser partir insatisfaite.

Linda tourna la tête vers cet individu parfaitement débonnaire, mais sans nul doute impitoyable.

– Je ne refuse pas, mais vous ne pouvez pas être plus concret ?

Igor lui adressa un sourire sincèrement bienveillant :

– C'est tellement agréable de travailler avec vous. Nous ne doutions pas de parvenir à un accord.

Il s'interrompit et soudain plongea la main dans sa poche latérale. À la surprise de Linda, il n'en sortit ni un pistolet, ni une grenade (qu'est-ce que les espions pouvaient cacher d'autre dans leurs poches), mais un bonbon – un caramel dans son emballage. Il l'ouvrit adroitement et le mit dans sa bouche.

– Excusez-moi, quand je suis un peu tendu, je mange des bonbons.

Et, enfin, il revint à l'essentiel :

– Vous comprenez, Linda, la Moldavie s'efforce depuis longtemps de retourner au sein de la Roumanie et par là même de recréer la bonne vieille Bessarabie. Nous avons beaucoup d'alliés dans ce dessein, et le processus était en bonne voie. Jusqu'à ces derniers temps.

Il fronça les sourcils et regarda devant lui avec une expression d'extrême mécontentement. Comme une éducatrice regarde un enfant à la crèche quand il a fait une bêtise.

– Ces derniers temps, la Moldavie a pratiquement cessé ses pas vers l'intégration. Elle recommence à regarder en direction de la Russie avec envie.

Igor était nettement contrarié. Il ouvrit les mains, avant de les rabattre sur ses genoux.

Linda se taisait. Elle était perplexe : pourquoi cet envoyé roumain se conduisait-il de manière aussi théâtrale ? Quel était le but de ces vérités élémentaires, rappelées avec autant de pathos ? Puis elle réfléchit : il conversait avec une femme... Pour beaucoup d'hommes, les femmes sont des idiotes. Aux cheveux longs et idées courtes. Ou peut-être s'agissait-il d'un type complexé, qui n'avait pas eu de chance dans la vie et pas appris à communiquer avec les femmes...

– Bon, oui, mais en quoi puis-je aider la Roumanie et la Moldavie. Je ne suis ni diplomate ni politicienne.

– Justement, vous le pouvez, dit Igor avec un claquement de doigts.

Il s'anima, ragaillardi, et parla avec plus de simplicité.

– Vous comprenez, Linda, les Russes ont un général. C'est une telle épine dans le pied, celui-là... il a mortellement insulté et ridiculisé le président de Moldavie, tuant beaucoup de monde et détruisant beaucoup de matériel avec ses canons et ses tanks. Il a en fait annihilé le potentiel militaire de notre allié. Par conséquent, la Moldavie chie dans son froc et cherche de nouveau à embrasser Moscou.

Igor se tut, s'assombrit et déglutit avec effort. Quelque chose l'empêchait de parler sans s'énerver.

– Entre la Roumanie et la Moldavie s'élève un nouveau mur d'incompréhension. Nous devons remédier à ça. La Roumanie a dépensé beaucoup trop d'argent pour que nous construisions ensemble un État unifié. Nous n'avons pas du tout envie que nos efforts aient été vains.

Linda se tourna sur le côté droit, posa son oreille sur son coude, mit la tête au creux de sa paume et commença à regarder son visiteur attentivement. Visiblement, elle voulait lui demander quelque chose d'important.

– Vous voulez me poser une question ? interrogea doucereusement l'agent secret roumain.

– Oui. Si j'ai bien tout compris, mon boulot serait de m'occuper de ce général ?

Igor eut un large sourire.

– Je me réjouis une fois de plus de votre intelligence et de votre perspicacité.

Linda secoua la tête, fermant les yeux. Elle demanda, les paupières closes :

– S'il est si important, il est probablement très bien gardé, n'est-ce pas ? Et puis, comment est-ce que je le trouve ?

Igor prit une longue inspiration, avec un soulagement manifeste.

– Grâce à Dieu, voilà de bonnes questions. À présent, procédons dans l'ordre.

Il prit un ton professoral, celui d'un enseignant exposant à ses élèves les rudiments d'une science fondamentale.

– Le nom de famille de ce général est Lebed. Vous en avez probablement entendu parler.

Il sortit quelques clichés de son sac, pris sous des angles variés. Linda les contempla. Impossible de confondre cette tête et cette physionomie avec une autre. Il avait les traits taillés à la serpe. Typiquement ceux du dictateur militaire. Reposant sur une mâchoire inférieure de fer…

– Ce général commande la 14e armée, déployée sur les territoires de la Transnistrie et de la Moldavie. Les détachements de son armée tiennent toute la Moldavie en respect. Ainsi que la Roumanie. On ne peut prendre aucune décision importante sans eux.

Igor eut un petit rire amer.

– Dans la mesure où il existe un accord de paix entre la Transnistrie, la Moldavie et la Roumanie, pour pouvoir le mettre en application il faut s'accorder sur tous les détails, et avec cette armée, et avec ce sacré général.

Sans doute à cause de ses émotions, Igor avait la bouche sèche. Il se leva, s'approcha de la table sur laquelle reposait une carafe d'eau, la versa dans le verre et but avidement.

– Bon, voilà. Le président de Moldavie a invité Lebed à une entrevue. Elle aura lieu dans huit jours. Des représentants de toutes les forces de sécurité de Moldavie et de Roumanie y participeront. Lebed n'a donc aucun argument pour refuser de s'y rendre. Il ira, très probablement. Il passera par là.

Il prit une carte dans son sac et l'étala devant Linda. L'itinéraire des voitures du cortège de Lebed depuis le quartier général de la14e armée jusqu'au palais présidentiel abritant les dirigeants de Moldavie, y était indiqué au crayon rouge.

– Nous vous laissons le choix de votre position. Mais elle doit impérativement se trouver du côté moldave.

– Pourquoi ? ne put s'empêcher de demander Linda.

– C'est très simple : un important personnage russe sera abattu en Moldavie… Si nous nous souvenons des exemples historiques, c'est ainsi qu'ont commencé de nombreuses guerres. Mais, cette fois, ça n'ira pas jusque-là. Un éléphant ne va pas faire la guerre à un caniche. Mais ça empoisonnera définitivement les relations, ça ne fait aucun doute. C'est ce dont nous avons besoin.

Igor fit quelques pas dans la pièce avant de se rasseoir.

– Cela relancera l'hostilité entre la Russie et la Moldavie, rompra tous les contacts entre les deux pays pour longtemps, et la Moldavie gravitera de nouveau dans l'orbite de la Roumanie.

Vers quoi l'entraînait-on ? Linda savait très bien que là où se jouaient de gros enjeux politiques, la mort rôdait…

Elle reposa sa tête sur l'oreiller, les yeux fermés, sans rien dire. Une vague de froid la paralysa. Elle était en proie à une vive tension nerveuse.

– Ne vous inquiétez pas comme ça, dit le Roumain pour la raisonner. Avec votre expérience, inutile de vous faire un tel souci. Et puis je ne vous laisserai pas tomber. Nous allons nous revoir avant l'opération pour en examiner tous les détails. Vous allez tout peser minutieusement, réfléchir à tout, et nous reverrons tout ensemble.

Toujours la tête sur l'oreiller, elle gardait les yeux fermés. Elle se taisait et conserva longtemps le silence. Igor commençait lui-même à s'inquiéter : lui fallait-il s'en aller sans avoir arraché le morceau. Mais dans ce cas, il n'enviait pas le sort de cette poule…

– Et je peux compter ferme que, si je remplis la mission, je touche l'argent tout de suite et je peux partir immédiatement ?

Linda avait posé la question sans ouvrir les yeux.

Toutefois, en la posant, elle réalisa qu'elle entendrait sans nul doute : « Oui ! Oui ! Oui ! » Il était également clair à ses yeux que ces assurances ne coûtaient rien, et qu'elle n'avait aucune garantie. Le non-dit crevait les yeux : dans les situations difficiles, quand un service secret ou un État risquait d'être compromis, c'était des tueurs dont on se débarrassait en premier. L'argent, c'était très important, et s'il y en avait, c'était parfait, mais dans une telle situation ce n'était pas l'essentiel. Le principal était de survivre à ce jeu mortel.

– Oui, oui, oui, répondit avec une joyeuse excitation Igor, l'agent roumain. Nous sommes entièrement d'accord. Ce sera la digne conclusion de nos accords contractuels.

Il s'apaisait. Sa mission était un succès. Il n'était pas venu jusque dans ce trou moldave oublié de Dieu pour rien.

14

Le groupe d'intervention constitué par le service des affaires spéciales de la 59e division fonctionna cette fois avec une efficacité rare. Son chef, Nikolaï Gaïdamakov, reçut un coup de fil d'un des agents de la direction du KGB de Tiraspol. Une personne de confiance, qui vivait au 3, rue Kodrian, avait remarqué que quelqu'un s'introduisait dans le grenier par la trappe. Il pouvait s'agir de n'importe qui : le gardien, un type venu pour réparer le toit, le concierge ou même un locataire en train de chercher son chat, mais Nikolaï eut la bonne réaction – il mit son groupe en alerte. Ses gars prirent leurs armes automatiques, Nikolaï sa carabine, et quelques minutes plus tard le groupe accourait au 3, rue Kodrian, et se dispersait une fois entré par la porte cochère. Lorsqu'ils furent tous sous les trappes du grenier, Nikolaï leur ordonna par radio : « En avant ! », et les quatre trappes aux divers coins de la maison s'ouvrirent simultanément. Ils crièrent tous : « Pas un geste ! Ne bouge plus ! » Grands et costauds, en tenue de camouflage, portant des masques noirs, leurs fusils d'assaut braqués sur lui, ils produisirent une impression dévastatrice sur le tireur assis devant la lucarne du milieu. Il se préparait à faire feu, creusant le verre près du cadre poussiéreux ; sa carabine, une superbe Mannlicher avec une lunette Zeiss reposait contre une poutre. En voyant les quatre membres des forces spéciales dans leurs plus beaux atours, le tireur se figea, assis dans la sciure, les yeux écarquillés d'épouvante. Il n'eut pas un geste vers sa carabine.

Le groupe qui l'entourait l'examinait avec intérêt et une forme d'excitation. Nikolaï mit son arme sur son épaule, soulevant la Mannlicher qu'il suspendit par la bride sur l'autre épaule.

– Ne reste pas assis comme ça, camarade, il faut qu'on aille faire un tour ensemble. Debout !

Mais celui-ci restait assis sans bouger, se liquéfiant dans la sciure. Il roulait ses yeux écarquillés et n'arrivait visiblement pas à se lever. Il était terrorisé.

– Nikolaï, il ne peut pas se lever, il s'est chié dessus ! dit en rigolant Vania Serdiouk, un boxeur de la section sportive.

En effet, une lourde et âcre odeur d'excréments frais se répandait dans l'atmosphère.

Lors de l'interrogatoire, il s'avéra que le prisonnier était né en Moldavie, avant de s'installer en Roumanie où il servait dans les forces spéciales en tant que tireur d'élite. Son boulot était de tuer le plus de gens possibles et de créer un climat de panique en Transnistrie.

Avec les informations sur son détachement militaire, ses commandants, leur nombre, leurs armes, leur technique et leurs missions, le prisonnier leur donna un autre renseignement intéressant. Le service secret roumain avait pris contact avec lui pour lui faire une proposition : se débarrasser d'un général russe « qui gêne beaucoup l'État roumain ». Le tireur avait accepté, mais on ne l'avait pas recontacté à ce sujet. Et ensuite, on lui avait confié d'autres tâches.

– Qu'est-ce que tu penses de cette histoire de général, Nikolaï ? demanda Chramko dans les quartiers de Gaïdamakov.

– C'est de la politique, camarade colonel, ce n'est pas mon point fort. Mon travail est beaucoup plus simple, répondit Nikolaï avec modestie.

Ils se tenaient dans la cour du quartier général de la division. Chramko fumait et cracha nerveusement.

– Ouais, grommela-t-il aimablement. Tu es notre enfant prodigue.

Il jetait des coups de droite et de gauche et pensait clairement à autre chose.

– Tu comprends, Nikolaï, j'ai l'intuition que ça sent mauvais, cette histoire. Ils rôdent autour de Lebed, et de qui d'autre encore… Tu te rends compte de ce qui va m'arriver, si le service des affaires spéciales de la division prend à la légère la préparation d'un attentat contre le chef de l'armée ? De moi, glorieux officier rouge, ils vont faire de la chair à pâté.

Il jeta sa cigarette sans la fumer jusqu'au bout et secoua la tête.

– C'est tout, Nikolaï, je file, il faut que je fasse mon rapport à mes supérieurs. Sans tarder.

Chramko agita la main dans un geste accablé et fonça voir Samokhvalov.

Deux jours plus tard, on convoqua Gaïdamakov au cabinet du chef du quartier général de la division. Chramko s'y trouvait déjà ainsi qu'un inconnu, portant le grade de major.

– Vous vous connaissez ? demanda Samokhvalov à Nikolaï et au major.

Ils haussèrent les épaules tous les deux. Samokhvalov fit les présentations. Le major était le nouveau chef des renseignements de la division.

– Major Nifatov Vadim Viktorovitch, dit celui-ci.

– D'accord, poursuivons, commanda Samokhvalov en passant la parole au major. Expliquez-nous tout dans l'ordre Vadim Viktorovitch.

Le major raconta le nœud de l'affaire, très clairement et de façon concise. L'une des sources des renseignements de la 59e division, médecin militaire dans un hôpital du détachement du génie en bordure de la ville moldave d'Orkheï, avait été témoin d'un événement présentant du point du renseignement militaire, un intérêt direct.

Une chambre avait été équipée en toute hâte au deuxième étage, où l'on ne soignait qu'une unique patiente : une ressortissante belge du nom de Laure Nordfeld. C'était ce qui était inscrit sur sa fiche médicale. Son séjour à l'hôpital était confidentiel. Seuls le directeur et une infirmière de confiance avaient accès à elle. Notre agent, cependant, a pu savoir que Laure Nordfeld était blessée à l'épaule gauche, d'une balle lui ayant légèrement ébréché l'omoplate. Il le savait, parce qu'il était spécialiste des traumas et blessures de la cage thoracique et que le directeur de l'hôpital, spécialisé dans les organes internes, le consultait toujours quand il était question de ce genre de blessures.

– Mais, chers collègues, le plus important c'est que…, l'interrompit Samokhvalov avant de ralentir et de secouer la tête comme s'il réfléchissait, si poursuivre cette conversation valait le coup ou non.

Il finit par livrer des détails d'une importance en effet majeure :

– Un agent secret roumain, Igor Bojan, lui a rendu visite il y a trois jours, et ils ont passé une heure et demie à chuchoter derrière des portes closes.

Tout le monde se tut un moment. Nikolaï demanda finalement :

– Camarade colonel, est-il précisément établi que ce Bojan est un agent secret ? Il pouvait simplement rendre visite à un malade.

– Non, nous sommes formels, c'est un agent secret. Notre source le connaît depuis longtemps. À une certaine époque, il a essayé de le recruter. En dehors de ça, Nifatov et les tchékistes confirment qu'il est répertorié sur leurs fiches. Spécialiste du sale boulot. Rusé salopard.

Nifatov continua :

– Selon ce que je sais, une femme a été blessée par notre tireur d'élite, une tueuse qui a dû se cacher par la suite, touchée justement à l'épaule gauche. Je présume qu'il est vraisemblable qu'il s'agisse de cette Laure Nordfeld. Et qu'elle est soignée en Moldavie après sa blessure.

Ils firent silence. En réalité, tout ça prenait tournure. Voilà où cette ennemie recevait des soins. Chramko intervint :

– D'une part, elle se remet en état, c'est tout. Rien de surprenant. Mais d'autre part pour quelle raison est-ce que cet agent secret roumain est venu la voir ? Et de quoi ont-ils parlé ? Sur quoi se sont-ils mis d'accord ?

Chramko ne bougeait pas, l'œil fixé sur la table, puis il prononça la phrase sacramentelle :

– Je pense que, s'ils se sont mis d'accord sur quelque chose, certainement pas quelque chose d'anodin.

Chacun se perdit de nouveau dans ses réflexions. Les informations étaient maigres, mais celles dont on disposait étaient embrouillées et multiples.

– Bon, dit Samokhvalov en frappant sur la table avec la paume de la main. Tirons nos premières conclusions. Qu'est-ce qu'on a ?

Premièrement, un tireur d'élite ennemi se trouve dans un hôpital militaire, blessé, en Moldavie.

Deuxièmement, un agent secret roumain, spécialiste de la provocation, a eu une entrevue avec elle et une longue conversation. Il était clair qu'ils avaient discuté d'une opération à laquelle ce tireur d'élite devait participer.

Samokhvalov s'absorba dans ses pensées. Il se leva de son fauteuil et se mit à arpenter le bureau tout en raisonnant à voix haute.

– Bon, creusons-nous un peu la cervelle maintenant, où se déroulera cette opération ? La réponse est évidente : sur notre territoire. Contre qui sera-t-elle dirigée ? Contre la Russie, les Russes, et les citoyens de Transnistrie. Vous voyez que ça se resserre. On sait quels intérêts elle sert et par qui elle sera exécutée. Le tireur d'élite que nous n'avons pas réussi à liquider complètement.

Il se rassit dans le fauteuil, contemplant les participants de la réunion.

– Et troisièmement, le principal. Vous vous souvenez du prisonnier capturé par le groupe de Gaïdamakov ? Il a raconté que la cible des services roumains pouvait être un général russe gênant beaucoup la Roumanie. Réfléchissez, qui peut bien être ce général ? Quelqu'un a une opinion ? Pour moi la réponse est claire : Il ne peut s'agir que du commandant de la 14e armée, le général Alexandre Ivanovitch Lebed. Il a saigné les séparatistes roumains et moldaves plus qu'aucun autre.

Le visage de Samokhvalov s'éclaira, s'emplit de détermination, il se concentra et commanda :

– Camarades officiers, la réunion est terminée.

Il décrocha le téléphone en liaison directe avec le commandant de la division.

– Valentin Ivanovitch, il est impérativement nécessaire que nous discutions. Très important. Très bien. À vos ordres.

– Voilà, dit-il aux officiers en train de sortir, je vois le général-major dans un quart d'heure. Je lui ferai un rapport complet.

Il arrêta Gaïdamakov.

– Nikolaï, d'après moi, on va te confier un boulot pas simple. Je t'expliquerai ça concrètement demain. En fonction du résultat de ma conversation avec le commandant de division.

Nikolaï avait compris ça depuis longtemps. Évidemment, c'est à lui que revenait la tâche fondamentale. Mais pendant la réunion, il lui était venu une idée saugrenue, si saugrenue qu'il n'avait pas voulu la mentionner devant tout le monde. Ils auraient éclaté de rire, que Dieu l'en préserve, et Chramko l'aurait tout simplement bouffé ensuite. Mais maintenant, seul à seul avec le chef du quartier général, il s'exprima :

– Camarade colonel, peut-être qu'on pourrait ne pas se contenter d'attendre une provocation de l'adversaire et conduire une opération préventive ?

– Qu'est-ce que tu veux dire, major ?

– Nous connaissons l'emplacement de cet hôpital, et nous savons aussi dans quelle chambre se trouve la tireuse blessée.

La question peut être réglée par un petit groupe d'assaut. Cinq personnes suffisent. J'y participerai moi-même, si vous le permettez. Il n'y a aucune garde là-bas.

Samokhvalov lui jeta un regard effaré.

– Nom d'un chien! Selon moi c'est une idée intéressante. Pourquoi n'en as-tu rien dit pendant la réunion ?

– Je n'ai pas osé, je me disais que vous alliez vous moquer de moi.

– Bon. Et comment est-ce qu'on se déploie ?

– Par hélicoptère. C'est à une heure de vol.

– Très bien, dit Samokhvalov. Alternative inattendue et non préparée. Mais je vais soulever cette possibilité auprès du commandant de la division. Ce sera tout, Nikolaï, à demain.

15

Nikolaï se languissait de Linda. Comment se faisait-il qu'elle ne l'ait appelé que deux fois de Klaïpeda en deux semaines et demie. Et la conversation avait été très courte à chaque fois: « Je me fournis en marchandise… J'ai obtenu de bons prix… La qualité me convient… Maman est malade, je m'occupe beaucoup d'elle… Mon fils, Georg, est polisson, je le corrige… Je t'embrasse, je t'embrasse… Je t'aime, je t'aime… J'ai hâte de te revoir… » Tout en style télégraphique. Pourquoi restait-elle éloignée si longtemps? Ne comprenait-elle donc pas qu'il l'aimait et l'attendait?

Il travaillait la journée pour retrouver tristesse et solitude le soir. Il n'avait pas du tout envie de chercher d'autres femmes. Il s'était habitué à elle, elle s'était nichée dans son cœur. Il l'attendait à chaque instant, sans arrêt, tant qu'il en était séparé, mais elle ne revenait pas vers lui, sa femme bien-aimée.

Le jour suivant après le déjeuner, Chramko le trouva et lui dit:

– On va chez Samokhvalov. Il a une idée et l'approbation du commandant de la division.

« Probablement l'opération commando », songea Nikolaï.

Et c'était le cas.

Au quartier général, on lui communiqua dans des circonstances quasi solennelles que la situation avait été expliquée au commandant de l'armée. Il la jugeait sérieuse et donnait l'ordre soit d'abattre le tireur d'élite de l'adversaire, soit de le capturer. Dans un cas comme dans l'autre, ils avaient carte blanche, à condition de fournir à Lebed toutes les informations sur la situation en cours.

– Sinon, ajouta Samokhvalov, le commandant en chef a donné l'ordre de conduire immédiatement le raid en hélicoptère prévu contre le tireur d'élite, auquel il a affecté une section de membres expérimentés des commandos parachutistes.

Nikolaï s'assit, méditatif : et voilà, il s'avérait que ce n'était plus lui, mais le général Lebed lui-même qui avait conçu l'opération. Bon, au moins ça avait marché.

– L'hélicoptère s'envolera à deux heures du matin de l'aérodrome militaire près de Doubossar. Gaïdamakov, tu feras partie du groupe. Tu porteras une tenue de combat parachutiste. Tu n'en as pas, mais les paras t'en apporteront une. Pour que vous soyez tous vêtus de la même manière. Nikolaï, il y a une question particulière qui te concerne. Tu ne te mêles de rien. Mais après, tu rapportes tout en détail. Chez nous, à la division. On les connaît ces paras, les bérets bleus, les cuisses de leur mère. On a tout préparé, et toute la gloire rejaillira sur eux. Du moment qu'ils peuvent s'accrocher les décorations et médailles sur leurs larges poitrails.

À minuit et demie, une voiture de service vint chercher Gaïdamakov pour l'emmener à l'aérodrome. C'est là que Nikolaï revêtit l'uniforme des paras et qu'on le dota du court pistolet-mitrailleur en usage chez eux.

Ils survolèrent sans encombre le Dniestr et la portion de territoire s'étendant jusqu'à la ville d'Orkheï. Personne ne leur tira dessus – la Moldavie ne disposait pas de défense antiaérienne, sans parler de la trêve. Qui savait l'identité de ceux qui volaient dans le ciel nocturne...

L'hélicoptère faisait du rase-mottes sans lumières ni signes distinctifs.

Il était ainsi plus difficile à intercepter et identifier. Plus difficile à abattre. Les vitres restaient dans le noir. Seules scintillaient parfois, défilant sous l'hélicoptère, les torches lumineuses des feux électriques. Parmi eux, de rares maisons et constructions entre les ombres dispersées, perdues, informes derrière ce fantôme d'hélicoptère fendant l'obscurité. Tout était semblable à un rêve coloré et profond, où des ténèbres jaillissent des éclaboussures de lumière vive, où ton et demi-ton se jouent l'un de l'autre au gré toute une variété de couleurs sombres.

Le commando se sépara en deux groupes qui envahirent simultanément l'hôpital militaire par l'entrée centrale et celle située à l'arrière du bâtiment. Les secondes passées à fracturer les portes n'exigèrent pas beaucoup d'efforts de ces gars solides et expérimentés. Ils laissèrent un homme armé à chaque entrée, un troisième au premier étage, un quatrième au deuxième. Il n'y avait pas de service de sécurité. L'hôpital militaire n'avait pas les moyens.

Les infirmières de garde aux étages éprouvèrent une vive frayeur lorsque des gorilles dans de larges tenues de combat tachetées foncèrent sur elles, des masques tachetés aussi en guise de visage, mitraillette aux poings.

Mais on ne leur laissa pas le temps de crier. Comme des chats géants sur des jambes montées sur ressort, les lestes colosses bondirent et leur plaquèrent une large paume gantée sur la bouche. De l'autre ils agitaient un gros doigt menaçant. Les infirmières comprirent qu'il ne fallait pas crier.

Enfin la cible – la porte de la chambre vers laquelle ils progressaient. Mais elle n'était pas gardée non plus.

« Il devrait y avoir quelqu'un, songea Nikolaï, ça signifie que ça ne va pas se passer comme on croyait ».

La chambre était vide. Il n'y avait même plus de lit. Résultat – zéro !

Ils étaient venus pour rien.

Elle avait réussi à leur filer sous le nez. Une ennemie très dangereuse s'était enfuie vers son terrain d'opération. Et elle se baguenaudait à présent sans encombre, semblable aux gens qu'elle croisait, ordinaire. Elle préparait de nouvelles atrocités. Et il fallait sauver le général Lebed.

Il était clair pour Nikolaï qu'il devrait démêler pratiquement seul l'écheveau rusé de ses plans sournois et inattendus, être indépendant dans ce jeu à plusieurs coups indéchiffrable et sans règles, lutte mortelle, au bout de laquelle l'un des deux protagonistes doit périr.

Ce genre d'idées fatales trottaient dans la tête de Nikolaï Gaïdamakov, assis dans l'hélicoptère dans la machine à rotors qui le ramenait chez lui, sur l'aérodrome militaire.

16

Le lendemain soir, Viktor Chramko, chef du service spécial de la division, vint voir Nikolaï au boulot. Il avait l'air énervé et fatigué. Il lui dit :

– J'ai eu une difficile conversation avec Samokhvalov. Il s'énerve et ne mâche pas ses mots. Il nous reproche de ne pas nous remuer à l'heure où se prépare un attentat contre le commandant en chef. On n'a pas avancé d'un pas, dit-il. « On va vous arracher les couilles à tous, et vous n'êtes même pas capable de piéger une souris ». Il copie les engueulades du Q-G. Et il en a après toi, parce que, dit-il, tu as entraîné tout le monde dans cette aventure avec les commandos. Ça n'était pas ton idée, Nikolaï, elle venait d'en haut. Qu'est-ce que tu as à voir là-dedans ?

– Je n'y comprends rien moi-même, dit Gaïdamakov en écartant les bras. Depuis l'école militaire, il connaît le sens des paroles en or que sont les vers de Tvardovski : « Les soldats s'emparent de la ville, les généraux la prennent ».

Chramko s'assit sur le bord du bureau, agité. Il demanda, sombre :

– Tu n'as pas quelque chose dans ta planque ?

Gaïdamakov secoua la tête négativement.

– Même pas de quoi remplir un demi-verre ?

Et voyant qu'il n'y avait pas mèche, Chramko fendit l'air de la main.

– Bon, on va chez moi. On mange un bortch, on se détend un peu. Il faut qu'on se creuse la cervelle. La situation est confuse.

Chramko vivait en ville, mais, disons, dans un quartier militaire. Son immeuble de cinq étages se trouvait entre d'autres habitations réservées aux officiers – un quartier réglementaire où vivaient les officiers et les enseignes de la 59e division de fusiliers de la garde. Ils vivaient comme au village et se connaissaient tous. Le bureau des affaires spéciales n'avait pas de problèmes particuliers pour avoir des informations sur les cadres : qui s'était pris de bec avec qui, qui couchait avec qui, avec qui tel ou telle trompait sa ou son légitime. On avait tout sous les yeux comme au village.

Mais l'appartement du chef du contre-espionnage était moins rudimentaire, confortable et commode. La maîtresse de maison, une Ukrainienne, et le maître de maison lui-même l'entretenaient dans une propreté et un ordre modèles. Toute la disposition des lieux, les murs, les meubles, les pièces, et la cuisine, respiraient le confort et la chaleur d'un nid familial embaumé d'une odeur de petits pains chauds.

– Ma femme, Vera Sergueïevna, pourrait être commandante de la garnison, dit Chramko non sans une certaine fierté. Ordre et propreté ! Mettez les pantoufles, vous avez traîné sur l'asphalte ! Une référence dans la garnison.

Vera Sergueïevna les nourrit d'un bortch ukrainien amer avec de petits lardons salés, ils burent deux ou trois verres de gorilka[1] versés d'une bouteille où l'on distinguait des piments rouges, et Chramko se dégela un peu, se décontracta sur sa chaise, souffla une bonne fois pour toutes le poids qui pesait sur le cœur, avant de dire :

– Viens Nikolaï, allons nous promener, mon cher ami. Nos devoirs de caserne s'accumulent. Il faut se creuser la cervelle sinon on va s'attirer des ennuis. Les galons de tout le monde vont sauter, et les miens en premier lieu. Ils ont lâché les molosses…

Ils sortirent et arpentèrent les allées. Cette soirée tiède de fin d'été, tel un semeur bienveillant, répandait sur la ville une bruine fraîche, concassant les fines gouttes argentées en poussière dans l'atmosphère. Obéissante, cette bruine se déposait par terre, sans empêcher de respirer.

Au bout d'une allée, ils s'assirent sur un banc coiffé par de grosses branches d'acacia. Chramko sortit de la poche de sa veste de sport un bloc-notes, l'ouvrit et se mit à raisonner, le stylo au-dessus d'une page blanche.

– De quels éléments disposons-nous ? Réfléchissons tous les deux. Joins-toi à moi.

Il leva la tête vers le ciel et fixa les petites étoiles à peine visibles du jour tombant.

– … Camarade commandant rouge, nous disposons de fort peu de choses.

– Notons ce qui est clair et ne fait aucun doute, proposa Gaïdamakov. Nous sommes déjà en possession de certains éléments.

– Par exemple ?

– Par exemple que les services secrets roumains préparent

1. Vodka ukrainienne.

un attentat contre le général Lebed. D'après moi, c'est sûr.

– Pas entièrement sûr, évidemment, mais il y a de sérieux indices. Quoi d'autre ?

– Pour accomplir cette mission on a recruté un tireur d'élite très expérimenté, qui a déjà tué des tas de civils et de militaires.

– Ça non plus, ce n'est pas entièrement confirmé. Mais on a de bonnes raisons de le supposer. Et encore ?

– Après, je suis comme un hérisson dans le brouillard. Il faut déterminer le lieu et l'heure de l'opération. Mon cerveau n'y suffit pas.

Nikolaï appuya ses coudes sur ses genoux et baissa la tête.

– Ne sous-estime pas ton cerveau, ami très cher. Il t'a permis de descendre neuf tireurs d'élite. Il fallait avoir un peu de tête ! Tu les as dénichés ! Alors réfléchis, Nikolaï, ne te laisse pas aller.

– Huit seulement.

– Comment ça, et le dernier arrêté sous ta direction avisée ?

– C'était un travail collectif, je n'ai aucun mérite particulier.

– Ah, Nikolaï, tu n'es pas près de décrocher une décoration. Il faut être au premier rang, dans ce genre d'affaire.

Ils se turent. En réalité, malgré tous les dangers de cette situation, beaucoup de choses restaient obscures. Chramko inscrivit quelque chose sur son bloc-notes, réfléchissant à voix haute :

– Nous sommes maintenant dans un tel cas de figure que nous risquons de lancer nos forces et nos moyens dans de fausses directions et de faire des erreurs, de prendre de mauvaises décisions. Mais il y a au moins une circonstance qui peut nous aider à prendre le bon chemin.

Il tira de la poche de sa vareuse légère un volumineux paquet carré de Kabezka, prit une cigarette et, le regard fixe, occupé par d'autres pensées, répandit la poussière de tabac du paquet. Il fumait rarement désormais, et en douce, parce que Vera Sergeïevna lui faisait honte de son manque de caractère et de son incapacité à arrêter « ce poison ». Mais à certains instants, il avait très envie de fumer, c'était irrésistible. Bien entendu, on en était là, à cette minute.

– Commençons par le lieu du possible attentat.

Il inspira une profonde bouffée de sa cigarette.

– Avec Samokhvalov, on y a réfléchi et on s'est dit ceci : ce tireur d'élite n'a aucune raison d'essayer de liquider Lebed au quartier général de l'armée, près de celui-ci, ou même à Tiraspol. Ça ne rapporte rien, c'est idiot, parce que le meurtre du général doit être un acte de représailles. Il a écrasé les forces armées moldaves. Le tuer ici ? Et alors qui a tiré et pour quoi faire ? Quel est le message envoyé ?

Chramko tira une autre bouffée et dit :

– On ne peut tirer sur lui qu'en Moldavie. Si les services roumains y parviennent, ils feront d'une pierre deux coups. Premièrement, c'est une vengeance contre Lebed qui a défoncé leur armée. Et deuxièmement, ça montre à la population moldave, sans compter à celle de la Roumanie, qu'ils savent se venger des ennemis de la nouvelle Bessarabie. Cela relance la fibre guerrière des soldats et officiers moldaves et réveille la conscience nationale et le patriotisme de la population. Important, tu ne peux pas dire le contraire.

– Bien sûr, je suis d'accord, dit Gaïdamakov en hochant la tête.

– Passons aux dates et heures de l'attentat.

En fumant sa cigarette et en aspirant avec délices la fumée de tabac dans sa large poitrine ukrainienne, Chramko jouissait sans danger de sa liberté, il pouvait fumer, détendu, sans risquer les foudres de Vera Sergeïevna.

– C'est sans doute la question la plus complexe et la plus simple.

Jeu sur les mots, sûrement, jeu sur les mots. Comment est-ce que la question simple pouvait se révéler complexe ? C'était l'un ou l'autre.

En voyant la perplexité de Gaïdamakov, Chramko se mit à sourire. Il était un peu flatté d'être imprévisible. Un agent qui connaît son alphabet doit être imprévisible.

– Il n'y a rien d'énigmatique, en l'occurrence. Le seize du mois, une grande réunion doit se tenir chez le président de Moldavie, où seront présents les représentants des forces de sécurité de Roumanie, de Moldavie et de Russie. Il s'agira de collaboration dans les conditions de l'accord de cessez-le-feu. Imagine que Lebed ne s'y présente pas parce qu'il s'est fait descendre. Il n'y a pas que la réunion qui soit compromise. C'est la fin de tout le processus de régulation du conflit, la fin de tous les accords de paix. La Russie ne pardonnera pas la mort de son général. Et la Roumanie obtient ce qu'elle voulait : que la Moldavie lui demande de l'aide et se rattache à elle.

– Voilà ce qu'il en est, prononça Nikolaï d'une voix pensive. Il en résulte que l'attentat contre Lebed aura lieu exclusivement sur la route de Kichinev.

– C'est exactement ça.

Gaïdamakov fit le signe de croix, secoua la tête en silence, déduisant :

– En conclusion, Viktor Fedorovitch, nous connaissons le moment où aurait lieu l'attentat, presque avec précision. Mais en ce qui concerne l'endroit exact, c'est un peu plus compliqué. La route entre Tiraspol et Kichinev est très longue. Où se tiendra l'embuscade ? Comment le déterminer ?

Chramko s'égaya soudain :

– Mais, Nikolaï, on ne va pas se lamenter ! On s'est sortis de situations plus délicates. Il nous reste cinq jours !

17

Le général-major Lebed, commandant de la 14e armée interarmes, conduisit une réunion portant sur une question extrêmement délicate. Des résultats de cette réunion dépendait, suivant la façon dont elle se déroulait et les décisions adoptées, la survie physique de Lebed, ou bien il faudrait le rayer des cadres.

C'est à peu près sur cette tonalité qu'il ouvrit la réunion. Il avait envie de tourner tout ça à la farce, en un canular idiot. Il semblait en effet que ce soit une idée absurde, que lui, Lebed, un général ayant fait ses preuves à la guerre, méritant, un homme respecté jusque par ses ennemis, un type très costaud et vigoureux, puisse être la cible d'une fille, que sa tête soit dans le collimateur d'un tireur d'élite...

– J'ai très envie qu'on me fasse un trou dans la tête pour qu'elle s'aère au vent d'été.

Le général aimait l'humour militaire et plaisantait toujours savoureusement, sans sourire, en regardant tout le monde dans les yeux. En réunion, sa voix tonitruante résonnait comme le tonnerre, sans jamais changer, et ses subordonnés ne comprenaient jamais s'il s'agissait d'une plaisanterie ou d'une réprimande. Bien que chez lui ce soit souvent équivalent. Il savait y faire.

– Allez, chers messieurs, voyons ce qui ressort prioritairement, et orientons notre réunion dans cette direction.

Il posa les coudes sur la table et définit les missions :

– Tout d'abord, je voudrais que vous dessiniez plus nettement les contours de la situation. Pour cela, je considère comme rationnel d'écouter tout un chacun. Après, nous définirons ce qu'il faut faire et à qui ça revient, pour ne pas avoir à accepter un événement aussi triste que la fin prématurée de votre commandant en chef.

Tous les participants de la réunion étaient particulièrement attentifs à tout ce qui se passait. Le regard de chacun était traversé par autant de précaution que de curiosité. Dans certains yeux se lisaient la question qui n'était pas à l'ordre du jour : l'attentat en préparation contre le chef de l'armée.

– Je propose que le commandant de division s'exprime et permette à tous de prendre connaissance avec ce qui nous attend en termes opérationnels.

Celui-ci se leva et, de manière assez laconique, détaillée et conséquente, retraça toute la chaîne d'événements qui indiquaient que la situation était très sérieuse. Il souligna en particulier le rendement du tireur d'élite roumain à Tiraspol et ses environs, près de quarante morts civils et militaires.

– Vous souvenez-vous, camarade général, des événements tragiques survenus au moment de votre arrivée en Transnistrie ? Nous avions trois victimes, deux retraités et un militaire de la section des transports ? questionna le commandant de la division.

– Je m'en souviens, comment l'oublier, dit Lebed en hochant la tête.

– Eh bien, c'était le travail de cette tireuse d'élite roumaine. À la vérité, nous ne connaissons pas sa nationalité exacte. On ne sait qu'une chose avec précision : elle a été recrutée et travaille sous la direction des services secrets roumains.

Lebed se taisait. Il secoua une tête aux cheveux coupés courts.

– Oui, la garce est sans pitié. Et elle sait y faire, rien à dire.

Puis le commandant en chef demanda, après une pause :

– Bon, très bien, comment allons-nous lutter contre elle, une peste aussi expérimentée ?

Personne n'avait de réponse concrète à apporter à cette question. Tout le monde restait muet. La question était extrêmement sérieuse. Les participants à la réunion craignaient de se vautrer royalement devant le chef de l'armée, de se précipiter et de faire une bêtise. Presque aucun d'entre eux n'avait d'expérience en matière de lutte contre les tireurs d'élite, n'avait suffisamment de métier. D'autant plus que chacun tenait à sa carrière, à son destin, aux étoiles qui pouvaient apparaître un jour sur ses galons, ou l'inverse, s'envoler des mêmes galons.

De toute façon, la question de la compétence relevait des hommes des affaires spéciales. Anticipant qu'on allait lui poser des questions, le directeur des affaires spéciales leva la main et dit :

– Alexandre Ivanovitch, nous sommes en quête d'une information précise sur ce point au département affaires spéciales de la division. Ils s'occupent de ce problème, d'une façon assez systématique. Je pense qu'il serait logique d'écouter le commandant Chramko.

Celui-ci tressaillit, tant c'était inattendu. Blanchi sous le harnais, il avait lui-même acquis depuis longtemps la capacité de laisser trinquer les subalternes, mais ça survoltait toujours…

Néanmoins, le commandant Chramko se leva brusquement, les doigts sur la couture du pantalon, parce qu'il était devant des supérieurs de haut rang et, visiblement inquiet, commença à dessiner devant eux un tableau le plus complet possible. En guise de réponse à la question de lutter contre les tireurs d'élite ennemis, Chramko expliqua que le service des affaires spéciales de la division disposait de collaborateurs non moins expérimentés et productifs, qui savaient très bien débrouiller les stratagèmes de l'ennemi et lutter contre avec succès. Par exemple le major Gaïdamakov, qui était présent à la réunion et prêt, à l'instant présent, à dévoiler ses plans d'action.

Tous regardèrent Nikolaï pris par surprise, prêt à se cacher sous la lourde table du général. Chramko, assis sur sa chaise, se contentait de regarder droit devant lui, comme s'il ne se passait rien. Gaïdamakov fut donc obligé de se lever. C'était la première fois qu'il s'exprimait devant un auditoire disposant des pleins pouvoirs. Il était gêné et décontenancé. Les généraux et colonels le regardaient comme l'homme qui allait résoudre tous les problèmes en un instant, attribuer des tâches à chacun et sauver la vie du commandant en chef de l'armée. La sauver immédiatement.

Lebed le considéra avec curiosité.

– Tireur, tu es major ? gronda, venue d'en haut, la célèbre voix de basse.

– Oui, mon général.

– Comment est-ce que tu es devenu tireur d'élite ? Tu es

major, tu devrais commander un bataillon, pas te cacher dans les fourrés.

Gaïdamakov fut un peu vexé qu'on eût aussi peu de considération pour son métier, mais il se reprit, ne s'assombrissant que légèrement, et répondant avec dignité :

– Je suis maître diplômé de tir au fusil, membre de l'association de l'équipe du club Dynamo. Mais je ne travaille pas dans ce domaine-là. Je suis agent du service des affaires spéciales de la garnison de Moscou, et directeur. On m'a envoyé en mission ici pour lutter contre les tireurs d'élite qui sèment la panique en Transnistrie. On m'a affecté à cette mission, parce que j'ai une sérieuse expérience du travail dans les points chauds. Du travail contre les tireurs d'élite ennemis.

– Je vois, dit Lebed tout à fait aimablement. Et combien en as-tu liquidé, comme on dit ?

– Huit.

– Je te souhaite, major, d'en avoir neuf à ton tableau de chasse dans les plus brefs délais. Je me suis bien fait comprendre ? Et maintenant explique-nous comment tu comptes combattre contre ce neuvième.

– Je sais, camarade général, que vous devez vous rendre à la réunion qui se tiendra dans trois jours à Kichinev.

Lebed ne répondit rien, mais ne fit aucune objection. Selon les règles en vigueur dans l'armée, le général-major n'était pas censé communiquer ses projets publiquement, mais tout le monde comprenait : il devait en effet obligatoirement être présent à cette réunion.

– J'ai étudié votre itinéraire et peux en déduire que, jusqu'au Dniestr, il n'y aura aucune tentative d'assassinat contre vous.

– Pourquoi ? demanda Lebed avec intérêt.

– La mission des services secrets roumains est de faire échouer le processus de paix en cours entre la Russie, la Moldavie et la Roumanie. Un attentat de notre côté de la frontière n'apporterait rien. Un attentat contre un général russe dans un territoire contrôlé par la Russie n'aurait aucun retentissement. Il s'agirait d'une affaire intérieure, or il leur faut un scandale. Par conséquent l'attentat doit avoir lieu du côté moldave, pour brouiller la Russie et la Moldavie et attirer de nouveau celle-ci dans le camp des Roumains.

– Tout ça me paraît logique, s'accorda à répondre le commandant en chef, et tous hochèrent la tête, approbateurs. Mais la route est assez longue en Moldavie. Comment me sauveras-tu, major ?

Nikolaï reprit définitivement contenance. À présent il était calme, sûr de lui, et poursuivait son exposé de manière cohérente et nette.

– Pour cela, il faut prendre en compte deux considérations. La première, c'est que la Moldavie ne souhaite aucun pépin avec vous sur une route de son territoire. Cela créerait un scandale international énorme, catastrophique pour la Moldavie. Celle-ci se rend compte que la Russie réagirait avec la plus grande fermeté et qu'il s'ensuivrait une rupture définitive des relations avec nous, ce qui ne serait pas à son avantage.

– C'est encore logique, dit Lebed en hochant la tête. Mais encore, major ? Où s'attendre à un attentat ?

– Je pense que sur le territoire moldave vous serez escorté par la police moldave, et que vous roulerez très vite, sans vous arrêter aux feux de signalisation. Ce qui signifie que le tireur d'élite roumain ne pourra pas s'approcher, qu'il n'aura pas le temps de vous chercher dans l'escorte parmi les autres voitures, puis de tirer... Dans les cas où le tireur ne sait pas dans quelle voiture vous êtes, accomplir sa mission en quelques secondes est extrêmement difficile, pratiquement impossible.

– Dans ce cas, s'ils ne me tirent pas dessus de notre côté de la frontière, parce que ça ne rapporte rien, et qu'en Moldavie c'est impossible, à quel moment aura lieu l'attentat, à quel stade ?

– Je pense, camarade général, qu'on ouvrira le feu sur vous lorsque votre voiture traversera le pont sur le Dniestr, ou peut-être aussitôt qu'elle s'y engagera. Quoi qu'il en soit, cela doit se produire avant le poste de contrôle des douanes, où vous attendra l'escorte moldave.

– Quel sens ça a ? grommela Lebed d'une voix orageuse. Le pont est en territoire neutre. Donc, la véritable motivation politique de l'attentat disparaît, or il doit y en avoir une, vous êtes bien d'accord, camarades officiers ?

– Cette cause secrète de l'attentat sera bien là au contraire, parce que le tir partira du côté moldave, de la rive moldave. Et cela ne nécessitera aucune expertise pour être confirmé : tout le monde verra qu'un Moldave a tiré sur un général russe.

Nikolaï parlait d'un ton convaincu, énergique ; sûr de ses arguments, il était certain d'avoir raison.

– Et pourquoi, camarade major, crois-tu que le tir doive impérativement avoir lieu avant que j'aie rejoint l'escorte ?

– C'est simple : si le tireur fait feu sur vous en présence des militaires du cortège, ils fonceront tous à sa recherche. Et ils le trouveront, ils le lyncheront. Le tireur le sait, il ne veut pas se piéger lui-même. Il s'efforcera de tirer d'un endroit caché de tous.

Tout le monde se tut. Lebed était assis, se balançant légèrement sur son fauteuil, les yeux dans le vague. On entendait les stylos des participants crisser sur le papier. Ils écrivaient tous sur leur bloc-notes.

– Bon, très bien, tout concorde. Pour l'instant. Nous y réfléchirons, dit le général, rompant le silence. Et quelle est ton autre réflexion, major ? Tu as dit qu'il y en avait deux.

– La seconde, Alexandre Ivanovitch, se résume à dire que personne ne tirera sur vous, vous en personne. Votre vie ne doit être en danger à aucun moment, dit Gaïdamakov avec une ombre de sourire.

– C'est toi, camarade tireur d'élite qui en a décidé ainsi avec les services secrets roumains ? Tu as conclu un accord avec eux ?

Tout le monde était stupéfait, personne ne savait plus quoi faire. Ricaner avec le général-major Lebed ou bien tordre les bras du major Gaïdamakov, auxiliaire démasqué des services roumains ?

Gaïdamakov se rendit aussitôt compte qu'il ne s'était pas exprimé correctement et il expliqua ce qu'il avait voulu signifier.

– Je veux, camarade général-major, qu'il y ait un mannequin dans la voiture à votre place. Et vous serez dans l'autre voiture aux vitres opaques avec les gardes du corps.

Lebed mit la main en trompette devant sa bouche, coassant. Son grand corps remua dans le fauteuil. Pendant un moment, il ne sut comment réagir, que dire. En fait, ce major était visiblement futé. Il en aurait fallu plus, des gars dans son genre. Ils étaient tous assis là à prendre des airs avisés, comme si la vie du général ne les intéressait guère. Et ce jeune type, lui, était manifestement un spécialiste dans sa profession, il avait de la ressource, était inventif, il proposait, combattait…

Cela n'allait-il pas tourner à la farce, tous ses copains de régiment allaient rigoler. À Moscou, ils allaient rire également, eux aussi étaient des maîtres fumistes, de grands cerveaux de salon…

– D'après moi, major, tu veux faire de moi la risée générale. Faire un mannequin à mon effigie… peut-être que ce mannequin commandera l'armée à ma place ! On l'appellera Guignol. Il s'assiéra dans ce fauteuil et dirigera l'armée. Mais quoi ! Seulement… qu'on lui fasse une physionomie plus intelligente que la mienne. Ça ne devrait pas être bien difficile.

Lebed prenait la mesure de la situation. En réalité, l'idée de ce type de Moscou était excellente – fabriquer une poupée, lui dessiner une gueule ressemblante, la coiffer d'une casquette de général, lui enfiler une veste d'uniforme, l'installer sur le siège arrière, tandis qu'il serait dans une autre voiture. Ce qui lui garantissait la vie sauve, tandis qu'on pourrait repérer le tireur ennemi,peut-être le liquider (ça aussi, ça s'appelait une ruse de guerre) et qu'il remplissait la mission gouvernementale : participer aux travaux d'une réunion internationale au plus haut niveau. Il fallait juste que tout soit bien conçu et bien préparé. Mais l'idée était bonne.

Gaïdamakov ne savait plus quoi dire. Comment expliquer à ces militaires de haut rang que la situation était très dangereuse, qu'il n'y avait aucune alternative.

Toujours debout, il restait silencieux. Tout le monde se taisait, ne comprenant pas la réaction du commandant en chef.

Le général-major Yakovlev les tira d'affaire. Il avait fait l'Afghanistan dans ses épisodes les plus sanglants. Il avait sauvé beaucoup de gens à la guerre et ne craignait plus rien dans cette vie.

– Permettez-moi de m'exprimer, demanda-t-il à Lebed ; lorsque celui-ci hocha la tête, il se leva.

– Personnellement, camarade général-major, je pense que le major Gaïdamakov a tout à fait raison. Il ne faut pas que vous risquiez le feu d'un tireur d'élite. On ne peut en aucun cas permettre une chose pareille. Que ça fasse sourire si l'on veut, eh bien qu'on sourie ! ça vaut mieux que la mort d'un général de l'armée russe. Je parle ainsi parce que je suis certain que l'attentat aura lieu. Nos ennemis en ont besoin. Il me semble qu'il faut soutenir le major Gaïdamakov. Il a conçu un excellent plan d'action.

Yakovlev sembla soudain chercher ses mots :

– Quant à votre double, camarade général-major, ou bien encore… ce mannequin, il faut le faire très ressemblant. Sinon tout s'écroule.

Puis il s'assit sur sa chaise et prit un mouchoir pour essuyer la sueur qui lui dégoulinait sur les joues.

Tout le monde poussa un soupir de soulagement, les chaises grincèrent, les blocs-notes s'agitèrent.

Lebed songea : « Gloire à Dieu, Yakovlev nous a remis sur le droit chemin. Bravo, Yakovlev nous a sortis d'embarras ». Puis il s'adressa à l'assemblée :

– Y a-t-il des opinions divergentes ?

Personne n'en exprima.

Alors Lebed balaya la pièce d'un regard ensommeillé et dit ce qu'il devait dire :

– J'espère que tout le monde dans cette salle comprend que je dois remplir la mission qui m'a été confiée par notre président et être à Kichinev à la date prévue. Nous autres, militaires, avons conscience mieux que personne que la volonté du président de la République, notre commandant en chef, doit être accomplie quoi qu'il arrive. C'est à nous tous que ce devoir incombe.

Lebed le savait : personne ne lui ferait jamais de reproches sur les méandres des ruses de guerre.

Et d'une voix détendue, comme un lion repu, il demanda :

– Bon, camarades commandants militaires, qui a dans ses recrues un artiste ou sculpteur, susceptible de faire une copie de ma belle tête ? La réaliser vite, en quelques jours. Ma reconnaissance sera illimitée.

Lebed intervenait dans son style propre.

La réunion prit rapidement fin. On trouva le sculpteur-artiste dans l'un des bataillons de la 59e division, diplômé en sculpture de l'institut Sourikovski, un sergent débrouillard – un conscrit. Dans les dix minutes qui suivirent la réunion, on lui fixa la tâche à remplir, et certains détails furent envisagés…

Lorsque tout le monde se dispersa, Lebed ne retint dans son bureau que le seul major Gaïdamakov.

– Je vois que tu as la tête sur les épaules, dit le général-major Lebed à Nikolaï. C'est pourquoi je te le dis, major, réfléchis bien à tout, et fais ce qui convient. Il ne faut pas me faire défaut, la situation est difficile… la politique, les cuisses de sa mère… je ne t'oublierai pas.

18

Il restait très peu de temps. Nikolaï était continuellement à faire des recherches, examinant les diverses possibilités de développement des événements à venir.

Par exemple, l'heure de l'opération était assez précisément établie. On pouvait dire qu'elle était définie. Mais en ce qui concernait le lieu du tir ennemi, cela restait une grande question. Il semblait que oui, la traversée du pont au-dessus du Dniestr soit le lieu qui convienne le mieux pour l'attentat. Il serait clair pour tout le monde qu'on avait tiré du côté moldave, ce qui serait le fondement d'un conflit international très grave. Et c'était moins dangereux pour le tireur : l'escorte de policiers moldaves n'aurait pas encore pris les choses en main. Celle-ci ne commencerait à accompagner l'important visiteur qu'à partir du premier poste de contrôle douanier un peu plus loin, à environ deux cents mètres du pont. Les voitures traverseraient la Moldavie à grande vitesse par la route Odessa-Moscou, en évitant la ville de Bendera.

Pour le tireur d'élite roumain, il y avait peu d'espoir de se cacher près de cette route : il n'y avait pas de grands immeubles. Dans les villages, tout le monde se connaissait, la femme tireur d'élite avait peu de chances de se fondre dans la population. Dans les rares bois alentour et dans les broussailles, le groupe d'intervention de policiers et militaires accompagnant l'escorte la découvrirait et la maîtriserait rapidement. D'autant plus qu'une femme portant une carabine ne court pas aussi vite que des forces spéciales entraînées.

Nikolaï y pensait sans arrêt. Il avait très peur de se tromper, de faire défaut à Lebed, au commandant de division Yakovlev, au commandant Chramko, et à tous ceux qui, croyant à son expérience et à son expertise, lui faisaient confiance dans une opération d'une telle importance.

Gaïdamakov trouva deux vieux travailleurs des détachements militaires ayant des parents à Kichinev, mari et femme, et il alla jusque là-bas avec eux en tant que civil y ayant lui aussi un parent, en passant par le même chemin. Ils roulèrent sur la vieille route défoncée des « Moscovites ». Nikolaï était assis au volant et il examina attentivement, avec une méticulosité particulière la route sur toute sa longueur, de Tiraspol à Kichinev. Où, à quel endroit pouvait-on installer un poste de combat de tireur d'élite ? Il avait circonscrit sur la carte d'état-major, quatre, peut-être cinq endroits très commodes – six au maximum. Les affaires spéciales avaient transmis cette carte au chef du groupe de paras qui accompagnerait Lebed dans son trajet du côté russe. Ils devaient être extrêmement attentifs et prêts à passer immédiatement à l'action pour s'emparer du terroriste. Ce qui signifiait : observer avec une attention particulière tout l'environnement, pour découvrir d'où vient le feu. En cas de danger, immédiatement descendre de voiture, pour foncer au pas de charge maîtriser le terroriste et l'arrêter ; s'il opposait une résistance armée, il fallait l'abattre.

Ces tâches furent ainsi attribuées à tous ceux qu'il fallait, y compris du côté moldave, mais Nikolaï savait le principal, dont il ne souffla évidemment mot à personne. En tant que professionnel consommé et expérimenté, il savait que, dans le cas présent, il avait affaire à un autre professionnel possédant un grand sang-froid et très bien préparé. Que sa carabine serait équipée d'un excellent silencieux et que la détonation, avec ce genre de carabine, n'était pas plus sonore que le craquement d'un crayon cassé, inaudible dans le ronflement des moteurs de voiture. Il savait qu'à la lumière du jour, l'éclair du coup de feu serait invisible, d'autant plus que la carabine serait sans aucun doute également équipée d'un cache-flamme. Et le tireur ferait feu d'un tel abri, d'une telle planque, que personne ne verrait rien même à proximité.

Gaïdamakov savait que la surprise serait complète, que l'adversaire aurait préparé son opération avec un soin extrême, d'autant plus la façon dont il évacuerait la position. Une préparation si méticuleuse ne laissait pas une seule chance d'arrestation physique par des soldats quelconques.

Nikolaï Gaïdamakov comprenait tout ça, et il était tout aussi conscient que, seules, sa préparation, son expérience et ses capacités à lui et à nul autre pourraient mener à l'élimination d'un terroriste aussi dangereux au service de l'ennemi. Il songeait même qu'il n'entrait là aucune autosatisfaction ni aucun amour-propre, mais juste un énorme sentiment de responsabilité dans l'accomplissement d'une mission aussi difficile, attribuée par le commandement. Et ce fardeau sur ses épaules causait chez lui une fatigue écrasante.

Nikolaï supportait le poids d'un second fardeau quotidien, permanent. Il n'y avait que dans les cauchemars les plus effrayants qu'il était en mesure de voir, se représenter ou sentir comment ce poids-là pouvait tomber de ses épaules et le libérer de sa charge. Il s'agissait du sentiment de tendresse, depuis longtemps épuisé et oublié dans les tracas de la vie militaire, soudain accidentellement revenu dans les nouvelles et sévères conditions de la guerre, dans un pays étranger. Le sentiment d'amour pour une femme. Comme s'il avait longtemps marché contre un vent froid, dans des lieux humides, et avait soudain trouvé, dans un marais sauvage, une boule tiède dans un hamac solitaire, balançant joyeusement ses jambes. Il avait soulevé la boule tiède de la terre froide et l'avait pressée contre sa poitrine avec précaution. Et elle s'était plaquée contre lui, lui communiquant toute la chaleur qu'elle avait en elle, avant d'entonner une harmonieuse chanson dans une langue balte incompréhensible.

Souvent, quand ils reposaient dans leur lit, les yeux au ciel, ou lorsqu'ils se promenaient dans des rues peu fréquentées, elle fredonnait cette mélodie et disait que c'était une chanson des anciens Lituaniens revenant de guerre.

À présent, Linda était provisoirement absente, et Nikolaï se surprenait à chanter cet air devenu familier.

Il l'attendait avec impatience. Elle lui réchauffait le cœur.

Elle ne revenait toujours pas. Elle avait complètement disparu dans sa Lituanie à la recherche de marchandises, et sans doute dans les bras de son fils et de sa mère. Nikolaï comprenait, mais il se morfondait quand même. Et il l'attendait. Il allait parfois au marché, dépassant son échoppe. Celle-ci n'était occupée par personne. Elle attendait, elle aussi.

Et les marchands raillaient :

– C'est fini, Nikolaï, elle t'a plaqué, ton amoureuse…

Et ils riaient.

Mais Nikolaï en était certain, elle l'aimait profondément elle aussi. Elle aussi s'accrochait à cette tendresse...

Et sa mère était d'accord avec lui. Dans leurs dernières conversations téléphoniques, elle s'était mise spontanément à parler de Linda :

– Non, mais c'est quelque chose, entre vous... Et elle a un fils... Sûrement un bon petit garçon... J'aurai un petit-fils... Je regrette tant de ne toujours pas avoir de petit-fils... Venez, venez bientôt... Il y a de la place, on peut vivre tous ensemble...

À présent, ça ne tarderait plus. Linda avait appelé deux jours auparavant pour lui dire qu'elle revenait dans quatre ou cinq jours. Très vite.

Mais pour l'instant – voilà une plaie purulente – le tireur d'élite. Gaïdamakov convoqua son camarade Vitali Nefedov, lieutenant du renseignement militaire de la 59e division, et « éplucha » la situation avec lui. Nefedov, fidèle adjoint de Nikolaï, était un type intelligent qui saisissait tout de suite.

Avec une grande probabilité d'exactitude, ils déterminèrent finalement l'endroit d'où le tireur ferait feu – que Gaïdamakov avait en tête depuis longtemps. Il s'agissait du cercle de béton du puits, repéré par Nikolaï d'entrée comme une position de feu possible. Il se trouvait sur la pente de la rive moldave parmi les herbes et les broussailles à une centaine de mètres du pont et de la route située au-dessus. À cause des ravages du temps et du poids du béton, l'anneau ne dépassait pas de plus d'une vingtaine de centimètres de la terre molle de la rive droite du Dniestr. Noircie par le soleil et les intempéries, la tache grise se fondait presque dans les couleurs chatoyantes du paysage moldave à la fin de l'été.

Nikolaï et Nefedov examinèrent longtemps la petite protubérance de béton sous divers angles.

Ils l'observèrent depuis l'autre rive dans les puissantes lentilles de jumelles grossissant quatorze fois et décidèrent que, oui, c'était probablement là que se posterait le tireur d'en face. Premièrement, de cette position on avait une excellente vue sur le pont et ses alentours ; deuxièmement, s'il était découvert, le tireur, entouré d'épais béton, était protégé des tirs adverses. Troisièmement, le tireur d'élite dans son tonneau de béton n'avait pas besoin de se soucier de son camouflage, il n'était visible de nulle part et libre de ses mouvements.

Cependant, dans la paroi de béton tournée vers le pont, il fallait un trou quelque part – une embrasure dans laquelle glisser la carabine. Un détail à vérifier. S'il n'y en avait pas, ce n'était pas une position de feu.

– Tu sais, Vitali, dit Nikolaï à Nefedov derrière les jumelles, je ne comprends pas comment cette maudite poupée s'approchera de son affût. La rive est à peu près déserte, les herbes et les broussailles sont comme des cheveux clairsemés sur une calvitie.

– Je suis d'accord, confirma Nefedov. L'endroit est complètement à découvert.

– Et qu'est-ce que tu dis alors, ô, grand limier espion ?

– Camarade major, il doit y avoir là-bas une voie quelconque vers ce tonneau, par exemple une tranchée.

– Gloire à Dieu qui m'a donné un collaborateur intelligent au cerveau lumineux. Et que peux-tu ajouter, ô camarade vigilant et sagace ? Réfléchis, ô, future lumière des services secrets soviétiques.

Nefedov lui répondit sur le même ton. Il aimait bien travailler avec Gaïdamakov.

– Je pense, camarade officier de la garde, qu'il nous faut passer sur l'autre rive et conduire une reconnaissance.

– Sous couvert de la nuit ?

– Absolument, sous couvert de la nuit.

– Dans ce cas, Vitali, toute la responsabilité du succès ou de l'échec de l'opération reposera sur tes fragiles épaules.

Nefedov sourit.

– Vous êtes mon supérieur, camarade major.

– Non, ô mon frère, c'est ton idée, ta tête est sur le billot.

Gaïdamakov était satisfait que sa décision concorde avec l'opinion de Nefedov. Cela signifiait qu'elle était juste.

Lui et Nefedov voguèrent sur le Dniestr en pleine nuit sur un canot pneumatique. Ils traversèrent un kilomètre en aval, au-delà de la ville. Une fois sur l'autre rive, ils cachèrent le canot dans les buissons, déroulèrent le fil des cannes à pêche, prirent leurs épuisettes et, comme de vrais pêcheurs, descendirent le long de la rivière. Ils s'arrêtaient de temps en temps pour lancer leurs lignes, parlant de pêche à mi-voix, de la petite brise, se désolant de ne pas avoir pris de filets.

– S'il passe une carpe pendant que tu marches et qu'elle bat de la queue cette garce, je l'attraperai bien au passage avec un appât argenté. Ou tu crois qu'il vaut mieux pêcher en surface, Vova, murmura Gaïdamakov d'une voix enrouée.

C'était sur ce ton étouffé que parlaient tous les pêcheurs à proximité du poisson.

– Je crois qu'en surface c'est mieux. Mais plutôt blanc, l'appât. Les carpes adorent le blanc, grommela Nefedov.

Ainsi, menant sans hâte cette conversation de pêcheurs, s'arrêtant de temps à autre, ils arrivèrent un peu au-dessous de l'endroit où, sur l'étendue de la rive, se trouvait l'anneau de béton dépassant à moitié de la terre meuble. On était à très peu de distance du pont – l'espace permettant un tir précis sur des cibles mouvantes.

Leurs collègues militaires ne les auraient pas reconnus. Sous de vieux chapeaux posés de travers sur leur tête, dans d'authentiques vareuses de pêcheur rapiécées, constellées de vieilles écailles de poisson collées, en bottes de caoutchouc, ils ressemblaient vraiment aux pêcheurs braconniers toujours entre deux vins enracinés aux confins de la ville. Le commandant de la garde, Chramko en personne, s'il les avait croisés, les aurait dépassés sans même un regard vers ces clochards locaux.

Nefedov lâcha les deux cannes à pêche, les planta dans le sol de la rive, puis resta assis dans la bruyère. Son boulot – surveiller les alentours. Sous le chapeau il portait des écouteurs enfoncés dans les oreilles, sous le col relevé de la veste de pêcheur à son cou, un micro. Gaïdamakov avait le même équipement.

Mais Nikolaï dit qu'il fallait faire un feu, prit une théière dans le sac à dos et partit à la recherche de petit bois.

En marchant et en ramassant des branches, il parvint jusqu'à l'anneau de béton. On ne comprenait pas qui avait bien pu laisser ça là dans cet endroit désert dépourvu de la moindre construction. Sérieusement entamé par le temps, il était là depuis pas moins de dix ans.

Du côté du pont, près de la terre, il y avait en effet un trou dans le béton, creusé par quelqu'un. C'était sans doute de là qu'on avait braqué le canon de l'arme qui avait tué deux personnes. Le plus intéressant, c'était que de l'autre côté s'étendait effectivement une tranchée. Elle partait du trou d'homme à l'intérieur de l'anneau en direction de la butte qui se dressait au-dessus de la rive. La tranchée était profonde de quatre-vingts centimètres, longue de près de quinze mètres. Tout démontrait du savoir-faire : ni la tranchée, ni le trou dans le béton n'était visible de l'extérieur. Le tireur agissait, sortait par la tranchée jusqu'à la butte, et c'est là que commençait un épais maquis ; il marchait alors librement dans les fourrés jusqu'à la route où une voiture l'attendait.

L'endroit était idéal. Le tireur restait invisible pendant toute la durée de l'opération.

Au fond de la tranchée, Nikolaï trouva ce qu'il attendait. Et à l'intérieur du tonneau de béton et dans la tranchée, il vit des traces fraîches témoignant d'un récent passage.

Il avait trouvé l'affût ! Le tireur d'élite se cachait là !

Nikolaï comprit autre chose : il n'atteindrait pas cette femme rusée depuis la rive transnistrienne, il ne la verrait tout simplement pas. Et il ne parviendrait pas à liquider cet adversaire si dangereux qui lui courait sur le haricot depuis longtemps.

Il n'y avait qu'une seule solution : il leur fallait, lui et Nefedov, préparer leur propre poste ici, sur la rive moldave.

Mais où se cacher ?

Le tireur d'élite aurait probablement un compagnon. Quelqu'un devait assurer sa sécurité dans une opération aussi difficile et périlleuse. Celui-ci se tiendrait à proximité et surveillerait tout, ouvrant le feu si nécessaire.

– Il serait plus simple de s'allonger quelque part aux alentours et de « fumer » le tireur adverse avant qu'il ne rejoigne sa position de feu, Alors le mannequin ne s'imposerait plus.

Mais ça ne collait pas, le tireur disposerait sans aucun doute d'une protection cachée.

La solution que trouva Gaïdamakov était assez simple. Tout en ramassant des brindilles, il marcha jusqu'au sommet de la rive, s'écartant d'environ quatre-vingts mètres. Ici, à l'écart, il serait invisible dans la broussaille. Ici, il n'y aurait aucune protection. À la lueur d'une lune d'août assez claire, il examina l'entrée dans l'anneau de béton et le début de la tranchée. Il aurait deux ou trois secondes pour fixer dans la croix de sa lunette le tireur d'élite en train d'avancer, parce que celui-ci ne courrait, pas, mais ramperait jusqu'à son affût. Et c'était un délai suffisant…

La voix de Nefedov lui rapporta en chuchotant dans les écouteurs que tout était calme aux alentours.

Il trouva une position commode au sommet de cette rive pas très haute, d'où l'on voyait très bien. Dans un jour et demi, il s'installerait à cet endroit. Et ensuite, lui et Nefedov courraient dans le bois jusqu'au lieu où les attendraient les moyens de retraverser la rivière.

Mais pour l'heure, ils se contentèrent de rembobiner les cannes à pêche et retournèrent au canot.

19

– Tu as raison, Nikolaï, il aura forcément une protection, réfléchit Chramko. Il faut prévoir une possibilité de combat. Et s'il y avait plus d'un garde du corps ? Il pourrait y avoir toute une section.

– Est-ce que ce n'est pas pousser le bouchon un peu loin ? objecta Gaïdamakov. En principe la situation n'est pas si compliquée. Le tireur fait feu et s'enfuit par la tranchée. À quoi servirait de masser beaucoup de monde ?

– Essaie de saisir, Gaïdamakov, mon ami, il ne s'agit pas simplement d'un peu de tir aux pigeons. De tirer une balle dans la tête de quelqu'un et salut. Combien de gens a-t-on tués de cette manière. Ici, Nikolaï, il s'agit d'une question politique. Une réunion des États au sommet. Le représentant de la Russie y participe, envoyé par le président d'un grand État. Il ne vient pas, car il est tué d'une balle par un tireur d'élite moldave ou roumain. La réunion est suspendue, la Russie entame de nouvelles opérations militaires, l'accord de paix est remplacé par une petite vengeance. C'est ça, la mission principale de la Roumanie.

Chramko écarquilla ses yeux ukrainiens, de dimension déjà imposante en temps normal, et chuchota d'un ton glaçant :

– Oui, c'est la mission des services secrets roumains. Et crois-moi, je suis un vieux du contre-espionnage : pour la remplir, ils ne reculeront devant rien.

Il se calma un petit peu, et grommela d'un ton apaisant :

– Voilà comment on va procéder. On va t'affecter un renfort de dix gars des forces spéciales. Des débrouillards. Ils ne te dérangeront pas. Ils se déploieront sur trois cents mètres. Je respirerai mieux comme ça. Et pas seulement moi, tu vois ce que je veux dire… Sinon, que Dieu nous préserve d'un accrochage ou d'une poursuite…

Il se redressa soudain, s'esclaffa et dit quelque chose à Nikolaï :

– Oui, et ça me ferait de la peine pour toi, Nikolaï Sergeïevitch, vieux traîneur de sabre, s'il t'arrivait quelque chose. Je me suis habitué, tu comprends…

Et il étreignit Gaïdamakov vigoureusement en guise d'adieu.

Tôt le matin, avant le lever du soleil, deux canots, un grand et un petit, traversèrent le Dniestr en deux endroits différents, à des moments distincts, avant d'accoster la rive moldave. De la petite embarcation descendirent Nefedov et Gaïdamakov, de la grande, dix commandos équipés pour le combat.

Nikolaï et Vitali rejoignirent leurs positions tandis que les commandos restaient en deçà, se déployant dans les fourrés et le bois sur la rive. Ils se plaquèrent au sol, recouverts de la couverture spéciale « forestière ». On pouvait passer à cinquante centimètres d'eux sans les remarquer.

Les tenues camouflage de Gaïdamakov et Nefedov avaient été fabriquées par les experts des troupes de reconnaissance d'un régiment d'infanterie. La partie avant – poitrine, estomac, genoux et coudes – était cousue dans un tissu étanche, la capuche, le dos et les jambes de pantalon étaient de la couleur de la lumière et des plantes du paysage local – avec des herbes, des feuilles et même des brindilles artificielles. Ils portaient des masques dans les mêmes couleurs sur le visage. On pouvait rester à côté et observer longtemps sans rien voir. Ces tenues remportèrent le concours de la division « meilleur soldat de reconnaissance » et leur concepteur, un caporal, partit en permission.

Nikolaï creusa à la main, une petite fosse à sa taille et s'allongea. Il posa sa carabine, elle aussi peinte dans les mêmes couleurs, le long de son corps, la main sur l'arme.

Et le lieutenant Nefedov s'installa à une dizaine de mètres sur la droite, un peu plus haut que Gaïdamakov. Il avait pour tâche d'observer les alentours avec, pour équipement, de puissantes jumelles et une mitraillette.

Ils restèrent immobiles sur place très longtemps, plusieurs heures. Dans le secteur qu'ils surveillaient, il ne se produisait rien.

Seules deux personnes passèrent – des hommes d'un certain âge. Ils descendirent vers la rivière, se livrant à une activité quelconque, et disparurent dans le bois. De petits oiseaux sifflaient et voletaient, des hérissons allaient et venaient. À l'aube, on aperçut un lièvre qui bondissait dans les buissons. Puis il disparut ; le lièvre se calma, se reposant pour toute la journée dans un terrier quelconque.

Ensuite, un renard accourut. Sa fourrure d'été rouge foncé scintilla longtemps le long de la rivière. Le renard chassait les mulots. Entièrement à son affaire, il s'approcha tout près de Nikolaï, et s'immobilisa soudain. Il leva la tête, ses oreilles se dressèrent, et il regarda Nikolaï droit dans les yeux. Ou du moins, c'est ce qui lui sembla. Le renard ne voyait rien, mais sentait l'odeur de l'homme. « Comment se fait-il, pensait sans doute le renard, qu'il n'y ait pas d'homme, mais que je renifle son odeur ? » À deux pas, Nikolaï pouvait voir sa gueule en détail, tous ses poils et de toutes petites feuilles collées à son museau. Puis le renard bondit brusquement de côté et partit en courant.

Gaïdamakov savait que Lebed partait au sommet à midi. Ce qui signifiait qu'à une heure moins vingt, maximum une heure moins le quart, il serait sur le pont.

Mais il était déjà onze heures, et il n'y avait aucun signe témoignant qu'un tireur d'élite se préparait à agir. De sa position, l'entrée avec l'anneau de béton était tout à fait visible, de même que plusieurs mètres autour de la tranchée, mais aucun mouvement n'était à signaler.

Il savait très bien que le tireur d'élite étranger, qu'importe qu'il s'agisse d'un homme ou d'une femme, était parfaitement informé des horaires et de l'itinéraire de Lebed. En conséquence, il n'avait pas besoin de prendre position trop tôt. Des gens pouvaient venir par hasard – à la cueillette des champignons ou des gamins, Dieu sait qui. Et ce genre de vétille pouvait compromettre une opération très délicate.

Selon toute probabilité, le tireur n'apparaîtrait que peu de temps avant l'attentat. Et s'enfuirait aussitôt après.

Mais que signifiait « peu de temps avant » ? À chacun son interprétation.

Il était déjà onze heures et demie. Rien à signaler. Gaïdamakov commençait à s'inquiéter sérieusement. Ce terroriste avait-il donc des nerfs d'acier ?

Et si l'attentat était prévu ailleurs et que tous ses calculs, ces rapports – tout – s'effondraient.

À midi, Nefedov murmura aux écouteurs : « On dirait que c'est raté ».

– Reste tranquille, c'est déjà pas facile.

Tout de même, vers moins vingt, moins le quart, au moment où l'escorte allait apparaître d'un instant à l'autre, il orienta sa lunette sur le trou dans l'anneau de béton. Rien à signaler.

À moins vingt, moins dix-sept, deux véhicules traversèrent le pont en fonçant à toute allure : une Volga noire devant, et une camionnette verte à la suite.

– C'est vraiment raté, songea Nikolaï, et à cette seconde même, dans sa lunette, l'ovale noir du trou de béton se changea en vert pâle.

Avant d'appuyer sur la détente, Gaïdamakov contempla le visage de femme qui se levait dans sa direction et lui jetait un regard, pendant quelques centièmes de seconde. De façon intuitive, presque inconsciente, sans rien comprendre, il ne tira pas au visage, mais abaissa la lunette vers la naissance de la gorge. Il vit dans la lunette le tireur d'élite tomber la tête en avant dans la tranchée.

Nikolaï resta allongé quelques instants sans bouger. Il ne comprenait rien.

– Que fait-on, chef ? lui demanda Nefedov par radio.

Nikolaï restait allongé face contre terre.

Nefedov s'inquiéta et rampa vers lui. Il fallait rejoindre les canots.

– Qu'est-ce qu'on fait ? demanda-t-il de vive voix ; voyant que Gaïdamakov ne bougeait pas, il lui donna une légère bourrade à l'épaule.

Nikolaï leva son visage, ôta son masque, et le lieutenant vit ses yeux. Des yeux emplis d'horreur.

– C'est elle, dit Nikolaï d'une voix rauque, voire en gémissant.

– Qui elle ? dit Nefedov, égaré.

– Ma femme.

Laissant sa carabine sur place, Gaïdamakov bondit et courut à perdre haleine vers l'anneau de béton.

Nefedov ne le rejoignit qu'avec un temps de retard. Il ne comprenait rien. Où donc détalait le major, pourquoi avait-il lâché sa carabine ? Pour quelle raison et où courait-il sans arme, alors que de partout on pouvait lui tirer dessus ?

Quelle femme, d'où venait-elle, ici en Moldavie ? D'autant plus que Gaïdamakov n'était pas marié. Il l'avait dit lui-même.

L'arme automatique prête à l'usage, scrutant chaque buisson, Nefedov s'approcha de Gaïdamakov.

Celui-ci était assis dans la tranchée, il se courbait, s'inclinait, penchant vers le bas. Il avait traîné le corps de la tireuse d'élite abattue hors de l'embrasure. Sa tête, le visage vers le ciel, reposait sur les genoux de Nikolaï. Il lui caressait les joues et murmurait quelque chose. Ses épaules étaient secouées de tremblements. Nefedov remarqua involontairement que sur le visage de la morte perçait un sourire. Comme si avant de mourir elle avait vu quelque chose de réjouissant, de familier…

Tout ceci était étrange et dangereux.

Le lieutenant roula des yeux vers les buissons environnants. Il s'attendait à une attaque. On avait dit que le tireur aurait une protection. Une embuscade était possible, des tirs inattendus… La conduite de Gaïdamakov l'effrayait. Le major avait perdu la tête. Chez les tireurs d'élite qui tuent des gens en permanence, ça arrivait.

– Camarade major, Nikolaï Sergueïevitch, il faut qu'on rentre. Nous sommes en danger, ici.

Gaïdamakov, accroupi dans la tranchée, se balançait d'avant en arrière, en marmonnant quelque chose. Il finit par lever la tête vers Nefedov. Celui-ci y vit des larmes et une tristesse inhumaine.

– C'est ma femme, tu comprends, répéta Nikolaï en abaissant de nouveau la tête vers celle de la femme tuée.

– Qu'est-ce que tu fais là ? D'où viens-tu ? marmonna-t-il d'une voix enrouée.

Évidemment, il en devenait fou.

Il fallait entreprendre quelque chose. Il ne pouvait pas laisser tomber le major. Il descendit dans la tranchée, suspendant son arme automatique à son cou, et saisit Gaïdamakov des deux mains sous les aisselles pour le tirer hors de la tranchée. Celui-ci résista faiblement, ne voulant pas ôter ses mains du visage de la femme tuée gisant à terre.

Une fois sorti de la tranchée, Gaïdamakov ne put ou ne voulut pas marcher. Nefedov était très costaud, dans un gros effort il prit Nikolaï sur son dos et l'emporta vers les leurs. Sur l'autre épaule, il portait sa mitraillette et la carabine du tireur d'élite. Avertis par radio, les commandos vinrent à sa rencontre jusqu'à mi-chemin, où ensemble ils portèrent Gaïdamakov jusqu'au canot.

– Qu'est-ce qui lui arrive ? demandèrent-ils à Nefedov. Il est blessé ?

– Non, pas blessé, répondit sombrement Vitali.

– Alors qu'est-ce qui s'est passé ?

– Je ne sais pas, dit le lieutenant.

Il ne savait vraiment pas quoi répondre.

– Écoute, dit le chef des commandos, on a rempli la mission. On nous a dit par radio que le mannequin qui avait remplacé Lebed avait un trou dans la tête. Votre tuée l'avait touchée. Elle tire bien, la garce.

– Tirait bien, corrigea Nefedov sans conviction.

Ils installèrent Gaïdamakov à l'arrière du canot, celui-ci ne disait rien, le corps penché en avant, les mains serrées sur le ventre. Il avait perdu l'esprit.

Les commandos étaient de très bonne humeur. Ils avaient rempli la mission, bien que l'ennemi soit venu sans groupe de protection. Ils seraient probablement tous félicités.

En effet, Linda Schwartzberg ne disposait pas de protection. Comme toujours, elle travaillait en solitaire. Il lui fallait gagner beaucoup d'argent pour sa famille.

20

Le général-major Alexandre Ivanovitch Lebed convoqua une réunion pour débriefer l'opération. Les participants étaient les mêmes généraux et officiers que quand on avait établi la mission.

– Je nous félicite tous, dit le général à ceux qui étaient réunis là. Grâce aux forces et aux moyens de l'armée, on a abattu un tireur d'élite qui a terrorisé la population de Tiraspol et les militaires déployés ici.

La basse profonde de Lebed résonnait et emplissait tout l'espace du grand bureau. Pour être tout à fait honnête, chaque militaire de la 14e armée craignait d'entendre cette voix de tonnerre s'adresser à lui.

Le général était habituellement avare d'éloges. La plupart du temps, il était plutôt enclin à engueuler son monde en langage imagé. Il était en la matière un maître incontesté. Mais aujourd'hui, il en allait tout autrement. Aujourd'hui, Alexandre Ivanovitch distribuait les compliments. En conséquence, l'atmosphère était relativement détendue.

– Il a failli me flinguer. Et il m'aurait descendu sans notre contre-espionnage. Vous avez vu comment il a traversé ce mannequin de part en part. Nom d'un chien, la commotion. Le deuil.

Personne ne le suivit dans ce trait d'ironie. Ils arboraient tous une mine très sérieuse.

Lebed se tut, tambourinant sur une boîte d'allumettes sur le bureau, et secoua la tête :

– Oui, c'était un ennemi dangereux. Et quel tireur ! En plein dans la cible, à grande distance et sur des voitures lancées à toute allure.

En dépit de sa sévérité tout à fait réelle, le général restait sensible, s'adressant sans aucune arrogance aux soldats et sous-officiers. Par exemple :

– Et comment a-t-on protégé le chauffeur de la « Volga » ? La balle aurait pu ricocher.

Le commandant Samokhvalov, chef d'état-major de la division, lui répondit :

– C'était un danger que nous avions prévu, camarade général. L'intendance nous a donné deux carreaux de verre blindé. Nous les avons montés dans la voiture comme séparation entre l'avant et l'arrière. Ça a fonctionné.

– Bravo pour ce que tu viens de me dire. Ça devrait toujours marcher comme ça.

Il redevint silencieux avant d'aborder le plus important.

– J'ai discuté de cette opération avec Moscou. Ils sont prêts à décorer tous ceux qui s'y sont distingués. On va préparer les citations et les ordres de décoration à mon niveau. Bravo, vraiment bravo, je vous félicite. Nous n'avons plus à rougir de rien devant la population.

Soudain, il tressaillit, jetant un regard circulaire, et demanda, perplexe :

– Et où se trouve le principal auteur de notre triomphe

d'aujourd'hui, celui qui a fait tout le boulot de fond ? Ce major débrouillard, le tireur d'élite ?

Ceux qui étaient au courant de la situation baissèrent la tête.

– Je ne le vois pas. Pourquoi est-il absent ? Qui va me le dire ?

– Permettez-moi…

Le général-major Yakovlev, commandant de division, se leva.

– … Le major Gaïdamakov n'a pu être présent. Il est à l'hôpital.

– Il est blessé, qu'est-ce qu'il a ? J'ai déjà donné mon approbation à ce qu'il soit décoré de l'étoile rouge.

Le commandant de division ne voulait pas soulever de question douloureuse. Il connaissait et respectait Gaïdamakov pour son expertise dans son métier. Mais il le fallait.

– Il n'est plus lui-même, camarade général-major. Il ne veut parler à personne.

Yakovlev se tut. Lebed commençait à s'énerver. La voix de basse prit une tonalité plus sonore.

– Racontez-moi ce qui s'est passé.

Yakovlev s'assombrit, il agita le bras dans un geste brusque.

– Je suis certain qu'il ne s'agit pas d'une trahison de Gaïdamakov, c'est une erreur tragique, mais le tireur, ou plutôt la tireuse d'élite qu'il a abattue, était la femme avec qui il vivait.

Lebed ne s'attendait pas à un tel coup de théâtre. Il promena un regard abasourdi sur tous les protagonistes de la réunion. Sa lourde mâchoire inférieure s'affaissa un peu.

Un silence accablé emplit la pièce. La voix tonitruante du général le rompit.

– Ça se passe toujours comme ça, chez nous. On ne sait pas se débrouiller pour que tout se passe bien. Je voulais organiser une fête.

Il avait de la peine pour Gaïdamakov. Il aimait bien ce bourreau de travail. C'était grâce à ce genre de types que l'armée tenait le coup. Ils faisaient tout fonctionner…

– C'est arrivé comment ?

– Le major vivait avec une marchande du bazar. Nous étions au courant. Elle était balte. D'après nos informations, c'était sérieux, ils comptaient se marier. Manifestement, il l'aimait, il la regrette énormément. Il est fou de chagrin de l'avoir tuée de ses propres mains, il ne veut parler à personne, en dehors de Chramko.

Lebed remua des objets sur son bureau, grommela :

– Il regrette… Et elle ne regrettait pas d'avoir flingué autant de monde ?

Ensuite, il secoua la tête et dit d'une voix trahissant son trouble :

– Et nous voulions le décorer. Le faire monter en grade… C'est un officier qui connaît son boulot, ça se voit tout de suite. Comment lui donner une décoration maintenant ?

La situation était délicate. Le général demanda à ses interlocuteurs d'exprimer leur opinion.

Ils se taisaient tous.

Lebed s'adressa à Chramko :

– D'après le décompte, avec ce tireur d'élite, combien en a-t-il liquidé ?

– C'est le neuvième, camarade général.

– Il a joué de malchance avec ce neuvième.

Lebed s'interrompit et, l'air sombre, fixa un point devant lui. Quel effet avait la guerre sur les gens, dans quelles situations les entraînait-elle ? Quelle idiotie pour Gaïdamakov qu'ils se soient rencontrés tous les deux…

Il s'adressa à tout le monde :

– À présent, qu'allons-nous faire du major Gaïdamakov ?

L'adjoint de Lebed, Voronine prit la parole, au nom des cadres. C'était un homme prudent :

– Gaïdamakov ne fait pas partie de notre personnel. C'est Moscou qui l'avait envoyé en mission. Il l'a remplie. Je propose de le renvoyer chez lui. À eux de voir ce qu'ils en feront.

Lebed n'aimait pas son adjoint, il le craignait. C'était un lâche, il n'aimait pas les responsabilités, il était prêt à vendre tout le monde à la moindre occasion.

– Je suis d'accord, di Lebed. Occupez-vous de la paperasse.

Il pensait : quel dommage que ce soit passé si bêtement pour ce major.

21

L'ancienne bourgade de Kamichno est située non loin de la ville de Jeleznodorojny, dans la région de Moscou. À une époque reculée, elle appartenait à un hobereau nommé Gorodilov. C'était un homme bon. Il arrangea de fond en comble et ennoblit son domaine. Sa propriété faisait envie à tous les nobles de la région : une splendide maison de deux étages sur une colline en forme de fer à cheval, avec des colonnades, une fontaine, un verger, avec vue sur un grand lac poissonneux. Et Gorodilov maintenait l'ordre et la propreté dans la bourgade, aidant les paysans tant qu'il le pouvait. Ceux-ci l'aimaient et s'abstenaient de piller ou d'incendier sa maison lors d'accès de fièvre.

Les habitants se souvenaient de Gorodilov, parce qu'il avait fait construire à ses frais pour les habitants une superbe église en briques en l'honneur des premiers apôtres Pierre et Paul.

La propriété souffrit cruellement au cours des années où les bolchéviques multiplièrent les raids contre l'église et la noblesse. Dans la maison rafistolée à plusieurs reprises, ils installèrent une école, puis un club, puis un entrepôt et des bureaux, et de l'église ils firent un garage abritant des machines agricoles pour le kolkhoze. Ils démolirent la croix et le clocher qui gâchaient l'aspect du garage.

Sans église et sans direction capable, la bourgade se changea en hameau sordide, les gens s'abêtirent, devinrent de plus en plus grossiers. Les hommes buvaient du matin au soir, les jeunes partirent en ville.

À la fin des années quatre-vingt-dix, un moine nommé Anthony s'installa, venu d'un lointain monastère. Il déclara à l'assemblée municipale qu'on l'avait envoyé pour qu'il reconstruise l'église détruite et en fasse une paroisse.

Les habitants se réjouirent de l'apparition du père, mais l'avertirent honnêtement qu'ils étaient démunis, et absolument pas en mesure de soutenir l'église financièrement. Mais il s'avéra qu'Anthony ne leur demandait rien. Il commença par nettoyer de ses propres mains la brique abîmée et souillée d'une des dépendances de l'ancienne propriété, la rénova, installa le chauffage, remit des carreaux aux fenêtres pour y vivre. Les gens appréciaient le fait que le pope qui avait débarqué ne soit pas un bon à rien aux mains blanches ; ce n'était pas un mendiant, il avait tout fait lui-même sans rien demander à personne. Les gens se mirent petit à petit à lui rendre visite et à lui donner des coups de main.

Le père organisa une collecte pour restaurer l'église. Communicatif et bienveillant, il se lia d'amitié avec les autorités municipales et l'administration de la région. Grâce à leur soutien, il put rencontrer des gens riches et quelques-uns devinrent ses sponsors. Anthony trouva un soutien financier auprès de diverses organisations disposant de moyens. Hiver comme été, on travaillait à ressusciter l'église de ses ruines.

L'église Pierre-et-Paul faisait à présent plaisir à voir. Les briques avaient été nettoyées et rénovées, on avait construit de nouvelles tours dorées. De véritables cloches retentissaient à présent dans le clocher ; au-dessus de toute cette splendeur brillait au soleil une croix orthodoxe.

À l'intérieur, les travaux n'étaient pas terminés. L'iconostase, les icônes et les fresques anciennes coûtaient très cher à restaurer.

Le père n'avait pas encore réussi à tout faire, mais tout avançait.

La paroisse croissait, s'emplissait de la population locale, athée jusqu'à récemment, les gens venaient des villages voisins.

Les services religieux avaient lieu chaque jour ; le dimanche et lors des fêtes religieuses, le père Anthony et son diacre Sergueï, avec l'aide de deux hommes des environs, vêtus de soutanes, suivaient la liturgie, confessaient et donnaient la communion au peuple orthodoxe.

L'église avait retrouvé la vie.

Le père Anthony enseignait la foi orthodoxe à l'école locale et s'activait beaucoup à l'organisation d'une école du dimanche à l'église.

Le directeur de l'école apprit par hasard que le père avait autrefois été un expert reconnu en tir sportif. Il lui demanda de monter à l'école une section de tir sportif avec des armes à air comprimé.

– Il faut préparer les gamins au service militaire. Vous avez sans doute vous-même été à l'armée et savez très bien tirer ? demanda le directeur.

– Oui, j'ai servi dans l'armée, mais c'était il y a longtemps…

Depuis, le père Anthony dirige la section de tir à l'école.

Le père Anthony aime aussi la pêche. Dans ses rares moments de loisir, il emporte deux cannes à pêche et part à la rivière où nagent perches et grémilles.

Parfois, assis sur la berge avec ses cannes à pêche, pensif, contemplant la surface de l'eau, il entonne tout bas la chanson lancinante des combattants de Livonie rentrant chez eux après la guerre.

ILS ONT COLLABORÉ À CE LIVRE :

PIERRE FOURNIAUD
DIRECTION ÉDITORIALE ET COORDINATION

ÉDITH NOUBLANCHE
RELECTURE ET ÉDITION

RÉMY TRICOT
COUVERTURE

BRUNO RINGEVAL
COMPOSITION

DONATA JANSONAITE J
IMPRESSION

MARIE-ANNE LACOMA
SUIVI COMMERCIAL ET PROMOTIONNEL

FLORA MORICET
RELATIONS PRESSE

AGENCE TRAMES
CESSION DE DROITS

LES ÉQUIPES DU CDE ET DE LA SODIS
DIFFUSION ET DISTRIBUTION

LES LIBRAIRES
COMMERCIALISATION ET PROMOTION

DÉPÔT LÉGAL : JANVIER 2022
IMPRIMÉ EN UE